Robyn Donald

Una noche en Oriente

Editado por HARLEQUIN IBÉRICA, S.A.
Núñez de Balboa, 56
28001 Madrid

UNA NOCHE EN ORIENTE, N.º 2154 - 9.5.12
Título original: One Night in the Orient
Publicada originalmente por Mills & Boon®, Ltd., Londres.

I.S.B.N.: 978-84-9010-860-4
Depósito legal: M-8380-2012
Editor responsable: Luis Pugni
Fotomecánica: M.T. Color & Diseño, S.L. Las Rozas (Madrid)
Impresión en Black print CPI (Barcelona)
Fecha impresion para Argentina: 5.11.12
Distribuidor exclusivo para España: LOGISTA
Distribuidor para México: CODIPLYRSA
Distribuidores para Argentina: interior, BERTRAN, S.A.C. Vélez Sársfield, 1950. Cap. Fed./ Buenos Aires y Gran Buenos Aires, VACCARO SÁNCHEZ y Cía, S.A.
Distribuidor para Chile: DISTRIBUIDORA ALFA, S.A.

Capítulo 1

MAMÁ, papá... ¡por vuestros treinta años juntos! Porque los venideros sean todavía más felices –brindó Siena Blake, levantando su copa de champán francés.

En el lujoso hotel del centro de Londres, Diana Blake sonrió con la belleza serena y elegante que la caracterizaba.

–Cariño, con que sean sólo la mitad de felices que los años que he pasado con tu padre, me conformo.

El padre de Siena miró a su esposa con amor.

–Serán mejores –aseguró él–. En parte, porque hemos tenido mucha suerte con nuestro hijos. Por eso, quiero brindar por nuestras gemelas, Siena y Gemma, por haber llenado nuestras vidas de alegría –dijo y levantó su copa–. Aunque, a nuestra edad, espero que no nos hagan esperar mucho más para darnos nietos.

El diamante del anillo de compromiso de Siena brilló bajo la luz de las velas.

–Bueno, no creo que Gemma tenga prisa por ser mamá. Todavía no ha encontrado a un hombre con quien quiera casarse y es mejor que le deis a Adrian un poco de tiempo más –señaló Siena, ignorando una molesta sensación en el estómago–. De todas maneras, lo importante ahora es vuestro aniversario.

–Lo único que faltaría para que fuera perfecto sería que Gemma estuviera aquí también –dijo su madre con tono nostálgico y sonrió–. Bueno, ella no ha podido, pero ha sido una sorpresa maravillosa que vinieras tú. Solo siento que Adrian no pudiera acompañarte.

–Adrian os manda recuerdos y sus mejores deseos –repuso Siena, tragándose la incómoda ambivalencia que anidaba en su pecho–. No ha podido tomarse tiempo libre del trabajo.

Sus padres lo comprendían. Juntos, habían levantado un negocio de la nada y sabían lo que era el sacrificio y el trabajo duro.

–De todas maneras, dentro de unas semanas volveréis a casa, a Nueva Zelanda, y podremos celebrarlo otra vez con Gemma, Adrian y todos vuestros amigos –propuso Siena y levantó su copa de nuevo–. Porque tengáis un buen viaje y disfrutéis mucho en el crucero.

Siena sabía que sus padres siempre habían soñado con irse de crucero por el mar Caribe y América Central. Después de ahorrar durante años, al fin habían reservado un viaje que salía del Reino Unido.

Entonces, algo llamó la atención de Siena al otro lado del restaurante. El maître del hotel aceleró el paso de forma visible para recibir a unos recién llegados. Sin duda, eran gente importante, pues el camarero apenas se había molestado en saludarlos a ella y a sus padres.

Al ver al hombre que acababa de entrar, a Siena le dio un brinco el corazón.

–¿Va a venir Nick a celebrarlo con nosotros? –preguntó Siena de forma abrupta, dejando su copa.

–¿Nuestro Nick? –inquirió Diane con perplejidad.

–Nicholas Grenville –respondió Siena y el sonido de su nombre en la lengua le supo a pena y a amargura.

Encogiéndose ante el gesto de sorpresa de su madre, Siena trató de mantener a raya sus nervios.

–Acaba de entrar acompañado de una rubia impresionante.

–¿Una rubia? –preguntó Diane, sin girarse–. ¿Alta, muy guapa y muy bien vestida?

–Creo que sí –contestó Siena. Aunque todas las amantes de Nick habían sido altas, guapas y bien vestidas.

Todas, excepto una...

–¿Sabéis? No me parece justo que yo apenas mida un metro sesenta y, en el resto de la familia, seáis todos altos y elegantes.

De forma inconsciente, Siena volvió a posar los ojos en Nick y su pareja, mientras el camarero los guiaba a una mesa alejada de las demás.

¡Vaya casualidad tan desagradable!, se dijo ella. Al menos, él no los había visto.

–¿Estáis seguros de que las enfermeras del hospital no me confundieron con otro bebé? –bromeó Siena con una sonrisa.

–Seguros –afirmó Diane, riendo–. Creo que te pareces mucho a la abuela de tu padre, que murió joven. Según cuentan, era pequeña, práctica y muy sensible. Tenía el pelo negro y rizado como tú y los mismos ojos azules.

–Me alegro de que sigas considerando a Nick parte de la familia –comentó Hugh pensativo.

Siena se encogió de hombros.

–Bueno, mientras vosotros erais sus tutores, Gemma y yo lo estuvimos viendo durante años y todos los veranos, mientras su madre trabajaba. Nos encantaba. Siempre nos trataba muy bien –explicó ella y, esforzándose en no volver a posar los ojos en él, añadió–: ¿Y quién es esa mujer con la que está?

Diana intercambió una enigmática mirada con su marido.

–Portia Makepeace-Singleton. Cenamos en casa de Nick la noche que llegamos a Londres y ella apareció en mitad de la comida de forma inesperada.

–Supongo que será su última conquista –comentó Siena, intentando sonar indiferente.

–Es posible –replicó su madre–. No le preguntamos.

–No os cayó bien, ¿verdad? –adivinó Siena, mirando a su padre y a su madre.

–¿Nos ha visto? –inquirió Diane, evadiendo la pregunta.

–No. Los han sentado lejos de la vista de comensales menos distinguidos, como nosotros.

Pero la velada no había hecho más que comenzar y había tiempo de sobra para que Nick los viera, pensó Siena.

De todos modos, no iba a dejar que eso le estropeara la noche, se dijo, mirándose el anillo de diamante que Adrian le había regalado.

Adrian era un encanto. Y ella tenía muchas ganas de casarse con él. Sabía que su prometido nunca la lastimaría.

Sin embargo, Nick...

Nick casi la había hecho pedazos, reconoció Siena para sus adentros.

Con solo dieciséis años, había estado profundamente enamorada del protegido de su padre. Pero lo había superado y había comprendido que Nick no había sido para ella. Cuando había salido del instituto, él ya había cosechado su primer millón y se había establecido fuera del país durante un tiempo.

Nick había seguido en contacto con Hugh, su mentor, enviándoles tarjetas de felicitación en las fechas señaladas y había ido a visitarles siempre que había viajado a Nueva Zelanda.

Luego, cuando Siena había tenido diecinueve años, él había regresado a Nueva Zelanda durante unos meses.

Y Siena había tenido que aceptar que su enamoramiento de adolescencia no solo no había desaparecido, sino que había crecido hasta convertirse en el más puro deseo. Oh, había intentado resistirse, hasta que él...

–¿Siena?

Sobresaltada al oír la voz de su madre, Siena levantó su vaso y le dio un trago demasiado largo a su champán.

–Lo siento. Estaba soñando despierta. Todo este lujo me abruma un poco –comentó Siena, mirando a su alrededor en el exclusivo restaurante del hotel–. Me pregunto cómo sería vivir así.

–Te aburrirías enseguida –adivinó su padre con una sonrisa–. ¿Por qué no se lo preguntas a Nick? Desde que se ha convertido en un gran empresario, convive con el lujo a diario.

–Ya. La prensa lo ha definido como genio de las finanzas y como arrogante millonario, demasiado guapo como para ser cierto –observó Siena, sin poder disimular un tono de amargura.

–Así es –repuso su padre, sin demasiada aprobación.

Y eso por no mencionar los cotilleos de las revistas del corazón sobre sus múltiples conquistas...

Siena deseó que Nick no hubiera entrado.

Habían pasado cinco años desde la última vez que

lo había visto. Ella había dejado atrás sus tontas fantasías del príncipe azul y se había propuesto construirse un futuro estable y feliz con un hombre agradable.

Era una estupidez sentirse tan afectada por su llegada.

Lo cierto era que su presencia le añadía peso a una extraña sensación de incomodidad que se había apoderado de ella desde hacía unas semanas, la sensación de que su vida era cada vez más gris.

Bueno, era lógico que se sintiera así, pues hacía una semana había dejado un trabajo bastante bueno.

Pero no era momento para pensar en eso, se dijo a sí misma, tratando de concentrarse en disfrutar de la velada con sus padres.

Por suerte, la banda comenzó a tocar una música que a sus padres les encantaba. Ambos compartían una gran pasión por el baile.

–¿A qué estáis esperando? Id a bailar –sugirió Siena, mirando a sus padres.

–Nada de eso –repuso Diane–. No vamos a dejarte sola.

–Mamá, claro que sí. ¡Tengo veinticuatro años! No me importa sentarme sola en un restaurante un rato. Y me gustaría mucho veros bailar en vuestro treinta aniversario.

Tras insistir un poco más, Siena consiguió que sus padres salieran a la pista y se quedó contemplándolos con una media sonrisa. Hacían buena pareja y se movían al mismo ritmo. Igual que ellos, su hermana Gemma tenía una piel dorada y una silueta alta y espigada, perfecta para ser modelo.

La clase de mujer que le gustaba a Nick...

¡Debía parar!, se reprendió a sí misma. De acuerdo,

sus rizos eran negros y su piel más blanca que la leche. Pero había heredado la pasión por el baile de sus padres, pensó, sonriendo al darse cuenta de que estaba siguiendo el compás con los pies. Usar todos sus ahorros para comprarse un billete y atravesar el océano para darles una sorpresa había sido una buena decisión, aunque se hubiera quedado en números rojos. Cuando se había presentado en el hotel el día anterior, a sus padres se les habían saltado las lágrimas de emoción.

Siena miró de reojo a una mujer vestida con suma elegancia, acompañada de un atractivo y famoso actor.

De pronto, se le tensaron los hombros. Negándose a girarse, mantuvo la vista en la pista de baile, atravesada por una poderosa sensación de aprensión.

–Hace cinco años, te habrías girado para ver quién te estaba mirando por la espalda –dijo una voz masculina detrás de ella.

Nick.

Dentro de Siena, algo fiero y salvaje cobró vida.

Haciendo un esfuerzo, ella fijó los ojos en el diamante que llevaba en el dedo, sin volverse.

–Cinco años es mucho tiempo, Nick.

Entonces, poco a poco, ella se giró para encontrarse con su hermoso rostro. Él tenía las cejas un poco arqueadas, los ojos verdes y profundos...

De adolescente, Siena siempre había admirado esos ojos, sobre todo, enmarcados en aquellas pestañas densas y negras. Al sumergirse en ellos, se esforzó para no estremecerse como le había pasado siempre de niña.

–¿Todavía te das cuenta cuando alguien te mira?

–A veces –replicó ella, mientras la inundaban imágenes desbocadas de su erótico encuentro de hacía cinco años.

–Siéntate, Nick... me haces sentir como una enana hablando con un elfo –dijo ella, sin pensar.

Nicholas Grenville era impresionante en todos los sentidos. Su traje hccho medida resaltaba sus poderosos hombros y sus largas piernas, la camisa blanca inmaculada contrastaba con su piel bronceada y su cabello moreno. Pero lo que le hacía sobresalir entre tantos hombres guapos y bien vestidos era su aura de autoridad y poder.

–¿Qué estás haciendo en Londres? –preguntó Nick, sentándose en la silla que Hugh había dejado vacía–. Tus padres no me dijeron que fueras a venir.

–Ellos no lo sabían. Llegué ayer para darles una sorpresa.

–¿Estás de vacaciones?

–No –negó ella–. He dejado mi trabajo.

Nick arqueó las cejas otra vez y Siena se alegró de, por una vez, ser ella quien lo sorprendiera.

–¿Por qué? Creí que estabas contenta con tu trabajo de encargada de una tienda de plantas.

Sus padres debían de habérselo contado, pensó Siena.

–No era solo una tienda de plantas, también estaba a cargo de un vivero.

–¿Y te gustaba?

–Mucho.

Nick se inclinó hacia delante, observándola. En cinco años, Siena había cambiado bastante. El vestido azul que llevaba se le ajustaba a la perfección al cuerpo, marcando sus tentadoras curvas y enfatizando el increíble azul de sus ojos. Aunque no había conseguido domar aquellos salvajes rizos suyos, caviló y trató de reprimir la respuesta involuntaria de su cuerpo.

–¿Y cuándo lo dejaste?

Ella titubeó y levantó la barbilla con gesto desafiante.

–Vendieron la empresa y, por desgracia, el nuevo dueño se encaprichó conmigo. Me acosaba.

–¿Y qué hiciste? –preguntó Nick, sin disimular su rabia.

–Le dije que no estaba interesada –contestó ella y, apretando los labios, levantó la mano para mostrarle su anillo de compromiso–. Pero la situación comenzó a ser incómoda, por eso, me fui.

Al ver su anillo, Nick sintió algo a lo que prefirió no ponerle nombre. Debería alegrarse de que ella se hubiera enamorado, sobre todo si era de un hombre que la valoraba y en quien podía confiar.

En cierta manera, ese anillo debería hacerle sentir menos culpable por haberse llevado su virginidad hacía años. Pero no fue así.

–Supongo que te irías con una jugosa indemnización –comentó él.

–Claro –repuso ella con una amplia sonrisa–. Se la di a una ONG para mujeres víctimas de abusos. En su nombre. Se mostraron muy agradecidas y, sin duda, le llamarán de vez en cuando para pedirle futuras donaciones.

–Bonita venganza –señaló él, sonriendo–. Y muy típica de ti. ¿Tenías contrato?

–Un contrato que yo misma rescindí.

–Por razones que podrían haber enviado a tu jefe ante los tribunales –apuntó él–. ¿Y qué piensa tu prometido?

La situación había irritado a Adrian, pero había dejado que ella se ocupara sin más.

–Le parece bien –contestó ella, tratando de no ponerse a la defensiva.

–¿No hizo nada? –preguntó Nick, afilando la mirada.

Siena recordó lo protector que Nick había sido siempre con su hermana y con ella cuando habían sido niñas. Pero Adrian no se parecía en nada a Nick. Adrian nunca la habría hecho el amor como si hubiera sido la única mujer del mundo, para abandonarla a la mañana siguiente sin más explicación que unas cuantas disculpas por haberse dejado llevar.

Adrian no le habría roto el corazón.

–No todo el mundo tiene tus instintos asesinos –indicó ella con una tensa sonrisa–. Adrian sabe que puedo encargarme de mis propios problemas.

Nick se recostó en la silla, con los ojos puestos en el anillo. Siena tuvo que contener el impulso animal de esconder la mano debajo de la mesa.

–¿Entonces te fuiste escapando de una situación inadmisible, sin más dinero que tu última paga, y decidiste meterte en un avión para ver a tus padres en Londres?

–Eres un buen adivino –dijo ella con tono alegre.

–No, lo que pasa es que recuerdo a una niña llena de fuerza de voluntad, decidida y con un gran corazón. ¿Qué piensas hacer cuando regreses a casa?

–Encontrar otro trabajo, claro.

–¿Sin más?

–Tengo muy buenas referencias, de mi jefe anterior y del cerdo que me acosó. Además, en mi último trabajo, he aprendido mucho sobre paisajismo.

Nick asintió.

–Tu madre me dijo que tú habías diseñado su jardín. Un buen trabajo... está estupendo.

–La jardinería siempre ha estado de moda en Nueva Zelanda –comentó ella, ocultando el placer que le había producido su alabanza–. Auckland es un buen sitio para ello. Es una tierra muy fértil. Y la recesión ha hecho crecer el interés en ser autosuficientes, cada vez hay más gente que quiere tener su propio huerto en casa. Encontraré un empleo, mejor que el anterior.

–Sigues teniendo la misma confianza de siempre –señaló él–. Y sigues siendo dominante y persistente.

–Recuérdame que me hagas una carta de recomendación, tu opinión de mí me ayudará –dijo ella con ironía.

–Cuando quieras –contestó él–. Bueno, entonces, después de haber dejado el empleo y haberle dado a una ONG el dinero en vez de meterlo en tu cuenta bancaria... ¿te parece una decisión lógica haber venido a Inglaterra?

–Es el treinta aniversario de mamá y papá –explicó ella.

–No lo mencionaron cuando cené con ellos el otro día –replicó él sorprendido.

–Ya sabes cómo son.

–Sí. No les gusta hacerse notar.

–Pensábamos hacerles una fiesta en casa y, luego, ellos iban a volar hasta Londres para salir de crucero. Pero la agencia de viajes les hizo una oferta estupenda para hacer un tour por el Reino Unido primero. Gemma no podía estar con ellos en la fiesta, pues está trabajando en la semana de la moda en Australia. Por eso, les convencí para que aceptaran la oferta y decidí hacerles una visita aquí.

Él asintió.

–¿Y qué le ha parecido a tu novio?

–¿Adrian? –repuso ella y se le encogió el estómago al encontrarse con los ojos de Nick–. Le pareció una buena idea.

–Está claro que es un hombre muy complaciente –dijo Nick con ironía.

–Adrian proviene de una gran familia y comprende las dinámicas familiares.

De pronto, Siena recordó que Nick provenía de un matrimonio roto y una familia con problemas. Se sonrojó, furiosa consigo misma por su comentario.

–¿Y yo no?

–No me estaba refiriendo a ti –se disculpó ella–. Lo siento... ha sido un comentario desafortunado.

–Pero acertado –apuntó él y volvió a posar los ojos en el anillo–. ¿Y cuándo es la boda?

–No hemos fijado la fecha todavía, pero será la primavera del año que viene.

–Falta mucho para eso –observó él, arqueando las cejas–. ¿Vivís juntos?

–No –negó ella y se sonrojó de nuevo.

En ese instante, Nick miró por encima del hombro y se levantó con expresión controlada.

Al principio, a Siena le sorprendió ver a aquella mujer delante de su mesa, pero sólo un segundo.

Enseguida, se dio cuenta de que tenía que ser la última conquista de Nick.

Capítulo 2

ASALTADA por una mezcla de celos y envidia, Siena miró a la alta rubia que tenía delante con resignación.

–Nicholas –dijo la rubia–. Ya ves que no he tardado mucho.

–Portia, esta es Siena Blake –las presentó él.

Con mirada experta y escrutadora, Portia recorrió el vestido de seda azul de Siena y apartó la mirada con ademán despreciativo. Siena levantó la barbilla en un gesto de rebelión.

–Conociste a los padres de Siena hace un par de noches –añadió Nick.

–Lo recuerdo. Tus amigos de Nueva Zelanda –replicó Portia, asintiendo–. Entonces, tu hermana y tú sois... –comenzó a decir, dirigiendo su aristocrática nariz hacia Siena–¿cómo lo expresó Nick? Ah, sí. Lo más parecido a unas hermanas para él. ¿Es eso cierto, querido? –añadió, mirando a Nick.

–Cuando era joven, sí –señaló Nick con cierto tono de irritación–. Sin embargo, hace mucho que no considero a Siena y a Gemma como hermanas.

–Y estoy segura de que ninguna de ellas te confunde con un hermano –comentó Portia en voz baja, sonriendo.

Aquella sonrisa, llena de seguridad femenina y de posesión, se le clavó a Siena en el alma.

¿Qué le estaba pasando?, se reprendió a sí misma.

No podía culpar a Portia. Nick irradiaba un aura irresistible, el magnetismo de los ganadores.

–Tanto Siena como su hermana me consideraban un intruso –observó él, posando los ojos en Siena.

Con esfuerzo, Siena consiguió soltar una suave carcajada.

–Sobre todo, cuando intentabas enseñarnos ajedrez.

–Pensaba que lo habías olvidado –replicó él con una sonrisa.

–Estoy segura de que eras un maestro excelente –se apresuró a decir Portia.

–Siena me ganaba.

–Porque me dejabas ganar –protestó Siena.

–Durante la primera mitad del juego, sí –admitió él–. Pero, después, me costaba la misma vida remontar.

–¿Y tu hermana era también una niña prodigio? –preguntó Portia con tono burlón.

–A Gemma no le gustaban los juegos de mesa –intervino Nick.

En ese momento, llegaron los padres de Siena. Nick los felicitó y le hizo una seña al camarero para que llevara más champán.

Tras unos minutos, Portia y él regresaron a su mesa. Tensa como un alambre, Siena se obligó a recostarse en el asiento y miró a su alrededor.

–Es agradable ver a Nick otra vez –comentó Diane–. Era un muchacho tan rebelde... pero la vida le ha ido bien –añadió y le dio una palmadita en el brazo a su marido–. En gran parte, gracias a ti, Hugh.

–Nick lo hubiera logrado también solo –aseguró Hugh con confianza–. Lo que nosotros hicimos por él fue mostrarle cómo es vivir en una familia feliz.

–¿Eso crees? –preguntó Siena, sorprendida–. No creo que conviviera con nosotros tanto como para fijarse en eso. Por lo que yo recuerdo, se pasaba casi todo el tiempo haciendo cosas de chicos contigo.

–Claro que se fijaba –repuso Hugh, meneando la cabeza–. Nick siempre ha sido muy astuto. Cuando el matrimonio de sus padres se rompió, le dieron la custodia a su padre primero y, luego, a su madre. Poco después, su padre murió. Me parece curioso que Nick nunca hablara de él.

–A mí me habló una vez –comentó Diane en voz baja–. De una manera fría y muy de adulto. Me dijo que nunca se permitiría ser como su padre. Yo me pregunté si su padre lo había golpeado, pero no creo que Nick se comportara como un niño que temiera el daño físico.

Siena se sintió horrorizada. El comentario que le había hecho a Nick sobre dinámicas familiares no podía haber sido menos afortunado.

–¿Crees que su padre pegaba a su madre?

–Es posible –respondió Diane.

Conmocionada, Siena intentó digerir la información. De alguna manera, había asumido que no había tenido una familia feliz, pero nunca había oído hablar de su infancia.

Tal vez, su niñez traumática había tenido algo que ver con la forma en que había terminado su... ¿Su qué? ¿Romance?

No estaba segura de que una sola noche juntos pudiera considerarse un romance.

Pero, para ella, había sido mucho más que una aventura de una noche. A los diecinueve años, había estado segura de haber estado enamorada de él.

Su madre interrumpió sus pensamientos.

–Es hora de que Nick se case. ¿Cuántos años cumplió en octubre? Treinta, ¿no?

–En noviembre –le corrigió su esposo.

Le encajaba el signo zodiacal. Escorpio hasta la médula. Oscuro, dominante, controlador y apasionado al mismo tiempo. Al recordar, la piel se le puso de gallina...

–Espero que no sea Portia la afortunada –señaló su madre.

Siena estaba de acuerdo. La rubia le había parecido muy fría.

–Estoy segura de que Nick sabrá elegir por su cuenta. ¿Por qué no vais a bailar de nuevo?

–No, ahora no. Pero ve tú –replicó su madre–. Yo voy al baño de señoras a empolvarme la nariz. Baila con papá.

La velada fue muy agradable, aunque Siena tuvo que esforzarse en no buscar a Nick con la mirada cada dos por tres. Bailaron y sus padres le contaron todo lo que iban a ver en su viaje por Gran Bretaña.

–Pareces cansada –comentó su padre cuando la vio bostezar–. Debes de estar bajo los efectos del jet lag. Es una pena que no pudieras encontrar habitación en este hotel.

–Papá, no podría pagarme una noche ni el armario de las escobas en este hotel –señaló Sienta–. Me alegro de que vosotros hayáis decidido tirar la casa por la ventana en este viaje.

–Solo vamos a dormir una noche aquí –repuso su padre, riendo.

–¡Pues disfrutadlo! Mi hotel no es tan lujoso como este, pero es muy cómodo –aseguró Siena, se puso en pie y le dio un abrazo a su padre–. Solo estaré en la ciudad esta noche y mañana... Me quedaré con mi amiga Louise en Cornwall hasta finales de semana y, luego, volveré a casa.

–Eres una locuela –observó su madre con cariño y la abrazó–. Pero me ha encantado verte, ¡ha sido una sorpresa maravillosa! Me gustaría que pudieras venir con nosotros al crucero.

–No seas tonta... no querrás que nadie os moleste en vuestra segunda luna de miel –replicó Siena sonriendo. Todavía no les había contado a sus padres que había dejado el trabajo, pero pensaba encontrar otro empleo nada más regresar a casa–. Disfrutad mucho. ¡Nos vemos dentro de un mes!

–Te acompañaré a tomar un taxi.

Siena ocultó una sonrisa. Como Nick, su padre era muy protector. Tampoco le sorprendió que su madre se ofreciera de inmediato a acompañarlos.

Por desgracia, Nick y su acompañante eligieron ese mismo momento para irse y Nick se ofreció a llevarla al hotel.

–No, gracias, no hace falta –contestó Siena, sintiendo una mirada heladora por parte de Portia. Al parecer, a la otra mujer no le apetecía tener que llevar a Siena con ellos–. Gracias, pero no –repitió–. ¿Qué podría pasarme por ir en taxi?

Nick se encogió de hombros.

–¿Dónde está tu hotel? –preguntó él y, cuando ella se lo dijo, le aseguró que les tomaba de camino. Señaló la limusina que acababa de traer el chófer–. Ahí está nuestro coche.

–Nick, es muy amable por tu parte –señaló la madre de Siena, sonriéndolos a él y a Portia–. Muy amables.

Siena supo que no tenía nada que hacer. Igual que Portia, que esbozó una débil sonrisa como respuesta.

Por suerte, su hotel estaba solo a unos cinco minutos de distancia. Ella podía comportarse con educación durante ese tiempo y, por lo visto, la amante de Nick, también.

–Muchas gracias –dijo Siena cuando llegaron–. Buenas noches.

Sin embargo, él insistió en escoltarla hasta la puerta.

–¿Qué vas a hacer cuando tus padres se vayan?

–Mañana voy a dar una vuelta por la ciudad y, al día siguiente, iré a Cornwall para quedarme en casa de una amiga del colegio.

–¿Cuándo te prometiste?

El abrupto cambio de tema sorprendió a Siena.

–Hace unos meses.

–Nadie me lo había dicho –dijo él arqueando las cejas.

Siena parpadeó ante su tono acusatorio.

–¿Conozco yo a ese Adrian?

–Adrian Worth. Su familia tiene una fábrica en South Island –informó ella.

–Su nombre me suena –comentó él, sin decir más.

Con una sonrisa, inclinó la cabeza hacia ella.

¿No iría a besarla?, se dijo Siena. Y él lo hizo, posando un suave beso en su mejilla.

–Que duermas bien –se despidió él.

Siena se quedó perpleja, llena de excitación, como si por dentro la recorrieran miles de burbujas de champán.

–Buenas noches –consiguió responder ella y entró en el hotel, notando cómo él la miraba por la espalda.

Al subirse al ascensor, Siena lo vio girarse e irse con la mujer que lo esperaba en el coche. Lo más probable era que pasaran la noche juntos. En la cama.

No debía pensar esas cosas, se reprendió a sí misma.

No tenía derecho a entrometerse en los asuntos privados de Nick.

Esa noche, Siena no pudo parar de dar vueltas en la cama, escuchando el tráfico bajo su ventana, preguntándose por qué no le hacía ninguna ilusión estar en Londres. Tal vez, era por que, de noche, se sentía igual allí que en Auckland: bastante sola.

Al fin, consiguió caer dormida. Se despertó más tarde de lo que había pretendido, se vistió y salió del hotel con la intención de visitar la ciudad.

A mediodía, recordó que no había revisado su correo electrónico y abrió su móvil para ver si tenía mensajes. Sintiéndose culpable, vio que había uno de Adrian.

Tardó un momento en leerlo, mientras el murmullo del tráfico se fundía con el sonido acelerado de su corazón.

Lo siento mucho. Soy un cobarde por hacer esto por correo electrónico, pero no sé cómo decirte que me enamorado de otra persona. No es tu culpa y me siento fatal, pero no puedo evitarlo. Por favor, perdóname. Nadie puede pensar peor de mí que yo mismo. Te deseo toda la felicidad del mundo. Sinceramente, Adrian.

Siena se quedó sentada en el autobús, paralizada, perpleja, con la vista clavada en la pantalla del móvil.

Una dolorosa sensación de vacío se mezcló con una catarata de lágrimas. Se esforzó en contenerlas, diciéndose que era mucho mejor que Adrian se lo hubiera dicho entonces y no después de que se hubieran casado.

A pesar de su sorpresa, en el fondo de su corazón, Siena sabía que había estado esperando ese día. De alguna manera, había tenido la intuición de que algo así podía pasar, desde antes de haberse ido de Nueva Zelanda. Durante semanas, Adrian se había mostrado distante e irritable, sin querer decirle lo que le pasaba.

Nick la había llamado mandona y seguramente lo era. Lo cierto era que Siena había aprendido a luchar por lo que quería. Sus padres siempre habían sido muy justos, pero no había sido fácil crecer a la sombra de una gemela que era preciosa, alta y rubia y que había dejado enamorados a todos los chicos que ella había llevado a casa.

Tragando saliva, Siena sintió náuseas. Por nada del mundo quería tener nada que ver con un hombre que amaba a otra.

Por eso, tenía que rehacerse. Pero, primero, necesitaba privacidad, estar a solas en su habitación de hotel. Al día siguiente, se iría a Cornwall con su mejor amiga del colegio y eso la animaría.

Con resolución, guardó el móvil en el bolso, mirando por la ventana.

De regreso en su habitación, posó los ojos en el mueble bar, pero decidió que un trago no podía hacerle bien en ese momento. En vez de eso, optó por una taza de té, se sentó y bebió, tratando de recuperar la calma.

Sin embargo, no lo consiguió. Le dio un par de tragos a la bebida caliente y se puso en pie de un salto para arrancarse el anillo de compromiso.

Conteniendo un sollozo, lo metió en un bolsillo dentro del bolso con un movimiento firme.

Al día siguiente, se lo enviaría a Adrian.

En ese momento, sonó el teléfono de la habitación, sobresaltándola.

Atónita, se quedó mirándolo, sin saber qué hacer. Podía ser Louise, se dijo, y respondió.

–¿Han salido ya tus padres? –preguntó Nick al otro lado del auricular.

–Me han mandado un mensaje de texto desde Heathrow justo antes de embarcar –contestó ella.

–¿Qué planes tienes para esta noche?

–Ninguno.

–Entonces, ven a cenar conmigo.

Durante un instante, ella no supo qué decir.

–No, no es posible –contestó Siena al fin, por impulso.

–¿Por qué?

Ante su silencio, Nick insistió.

–Estaremos solo tú y yo, Siena. No me gusta que estés sola en Londres.

Siena quiso negarse, pero no fue capaz de hablar.

–¿Qué pasa? –preguntó Nick.

–Na...nada –balbuceó ella.

–Siena, voy para allá ahora mismo.

–¡No!

Sin embargo, Nick ya había colgado. Tras un momento, Siena colgó también.

«Maldito instinto protector», refunfuñó ella y tomó su taza de té.

No podía salir a cenar sintiéndose así, como si todo dentro de ella hubiera sido aplastado.

Como Gemma, Nick estaba acostumbrado a recibir atención. Incluso cuando había sido adolescente, las chicas se habían peleado por él y, después de su éxito fulminante en los negocios, estaba segura de que la cosa habría empeorado.

–Con solo posar esa mirada verde que tiene en una mujer, la pobre ya está perdida –había comentado la madre de Siena en una ocasión–. Es como un imán.

La noche anterior, casi todas las mujeres en el restaurante habían clavado los ojos en él, muchas de forma abierta y otras de reojo.

No era raro, pues su aura y su energía masculina sutilmente delataba sus dotes de amante, pensó Siena y se estremeció. Intentando controlar las reacciones de su propio cuerpo, tomó el teléfono para llamar a Nick, pero colgó al darse cuenta de que no sabía su número. Buscó el de su oficina y lo marcó, sin embargo, la recepcionista la informó de que no estaba allí.

Sin saber qué hacer, Siena se acercó a la ventana. Los ojos se le empañaron y parpadeó con fuerza para detener las lágrimas. Tal vez, una ducha le sentaría bien.

Salió del baño vestida, por si Nick hubiera conseguido convencer al recepcionista de que le diera una llave de su habitación. Entonces, sonó de nuevo el teléfono.

En esa ocasión, era Louise.

Minutos después, Siena dejó su móvil. Las palabras tensas de su amiga resonaban en su cabeza.

–Mi suegro acaba de tener un ataque al corazón –le había dicho Louise–. Y la madre de Ivan está en su lecho de muerte, con dos niños pequeños en casa, así que vamos a ir para allá mañana. Lo siento mucho, Siena, pero no puedes quedarte en nuestra casa en este momento. Si quieres, puedes quedarte en la casita de campo y... Oh, Siena, tenía tantas ganas de verte...

Siena había rechazado su oferta de la casita de

campo y se había esforzado en calmar a su amiga. Sin embargo, después de haber colgado, se quedó paralizada en la habitación de hotel.

–¿Y ahora, qué? –pensó Siena en voz alta.

No era el fin del mundo, trató de decirse. Su amiga había tenido una emergencia y sus padres se habían ido de crucero... pero todo había pasado al mismo tiempo.

Tampoco era algo extraordinario que su prometido se hubiera enamorado de otra persona...

Nadie había muerto nunca de desamor. Antes o después, su dolor cedería, se repitió.

Siena respiró hondo. Organizaría su viaje de regreso a Nueva Zelanda y bajaría a esperar a Nick en el vestíbulo del hotel. Le diría que no podía ir a cenar con él. Tal y como se encontraba, no sería buena compañía.

Sin duda, Nick la había invitado porque sabía que sus padres se habían ido y se había quedado sola. Como siempre, se seguía comportando con ella solo como un hermano mayor.

Nick la vio nada más llegar al vestíbulo y algo en ella le hizo fruncir el ceño y acelerar el paso. Era una mujer pequeña, morena y sus ojos azules, que contrastaban con su piel de porcelana, le daban apariencia de muñeca... menos por la boca. Sensual y jugosa, su boca era un milagro hecho para sonreír... y para besar.

En ese momento, Siena tenía los labios apretados. Ella no lo había visto llegar. Estaba muy tiesa, abrazándose a sí misma. Nick maldijo para sus adentros y siguió acercándose.

Parecía derrotada. Además, no estaba vestida para salir a cenar.

¿Les habría pasado algo a sus padres?

–¿Qué te pasa? –le preguntó Nick a un metro de ella.

Siena parpadeó como si no lo reconociera. Luego, pareció esforzarse en recuperar las fuerzas antes de hablar.

–Oh, un par de cosas, pero no es el final del mundo.

Entonces, no les había pasado nada a Hugh y a Diane, pensó él con alivio.

–¿Qué cosas?

Siena se puso más tensa todavía y él se fijó en sus manos. No llevaba anillo. ¿Qué diablos...?

–Bueno, creo que te mencioné que iba a quedarme con una amiga en Cornwall, pero ya no.

Nick escuchó su explicación y asintió.

–¿Y qué vas a hacer?

Siena se mordió el labio inferior. Nick se excitó al posar los ojos en aquellos labios tan apetitosos. Maldición, no había sido buena idea invitarla a cenar, se dijo. No debería haber sucumbido a sus impulsos.

–Estoy intentando adelantar el vuelo para volver a casa –respondió ella, poniéndose en pie.

–¿Y?

–Por ahora no he tenido suerte, pero seguiré intentándolo.

Nick frunció el ceño.

–¿Así que tienes una semana para pasarla en Londres?

–No.

–¿Por qué?

–No puedo permitírmelo –admitió ella, levantando la barbilla–. Tengo que volver a mi casa.

No era buen momento para preguntarle por qué no llevaba el anillo de compromiso, caviló Nick. Debía cuidar de ella, aunque solo fuera porque se lo debía a sus padres.

–Podemos hablar de tus opciones mientras cenamos. Vamos.

Tras un momento de titubeo, ella meneó la cabeza.

–Prefiero que no, Nick. No estoy vestida para salir a cenar...

–No pasa nada. Comeremos en mi casa.

Nick sintió una irritante sensación de triunfo cuando ella asintió.

–Muy bien –aceptó Siena, como si estuviera demasiado cansada para protestar–. Pero te advierto que no voy a ser muy buena compañía, Nick.

–¿Por qué?

–Oh, por nada –contestó ella.

Prometiéndose que Siena le diría lo que le pasaba antes de que terminara la noche, Nick dio un paso hacia a ella.

–Iré a mi habitación para cambiarme. No tardaré más de diez minutos.

–Estás bien así –repuso él.

–Voy a cambiarme –insistió ella.

Con la cabeza alta, Siena se dirigió al ascensor. Aunque era pequeña, sus proporciones eran perfectas, observó él para sus adentros. Unos vaqueros gastados marcaban sus piernas bien torneadas y su pequeña blusa rosada resaltaba cada curva de los pechos y las caderas.

Pero él no era el único que la contemplaba. El recepcionista, un joven muchacho moreno, también la estaba siguiendo con al mirada. Una oleada de celos tomó a Nick por sorpresa.

Miró al chico a los ojos y se quedó contento con que el joven bajara la mirada, sonrojándose. Luego, posó la atención en los otros dos hombres que estaban observando a Siena y ambos apartaron la vista.

Satisfecho, Nick murmuró algo y se quedó esperando.

Capítulo 3

SIENA miró el vestido azul. Se notaba que no estaba recién lavado, pues lo había usado la noche anterior. Sin embargo, era lo único que tenía. Nick había conseguido convencerla. Había descartado su instinto de esconderse en una esquina como animal herido. Y había comprendido que iba a sentirse mejor acompañada de un hombre como él que sola en la habitación de hotel, preguntándose por qué todos acababan dejándola.

Una sensación de amargura la invadió. Se resistió al impulso de arrancarse las ropas y meterse en la cama. No sería buena idea. Sabía muy bien que Nick era un hombre muy tenaz y que, de una manera u otra, conseguiría sacarla de su habitación.

Además, la autocompasión era cosa de perdedoras.

De todas maneras, no tenía hambre, caviló mientras bajaba en el ascensor. Le daban náuseas solo de pensar en comida.

Cuando vio a Nick, Siena se esforzó en sonreír. Él no le devolvió la sonrisa. Con la cabeza alta, ella soportó su atento escrutinio y el corazón se le aceleró un poco.

–Solo he traído un vestido para salir –explicó ella con voz titubeante.

–¿Y qué? Estás muy guapa –repuso él y le ofreció el brazo–. Supongo que viajas solo con equipaje de mano.

–Me temo que no. Esperaba estar aquí solo una semana y he traído ropas de abrigo nada más. No tengo la suerte de contar con una casa con armarios llenos de ropa en cada ciudad.

–Ni yo –respondió él, haciéndole una seña al portero.

–Pero casi.

–Poseo dos viviendas –señaló él con una sonrisa.

–¿Y cuál es tu hogar?

Durante un instante, Siena pensó que él no iba a responder.

–La de Auckland –contestó él al final y la guió al coche que los estaba esperando.

–Y, aparte de lo de tu amiga, ¿has tenido un buen día? –inquirió él, una vez dentro del vehículo.

–Más o menos, gracias –replicó ella y le contó un incidente gracioso que había presenciado en un parque con una señora mayor y un niño.

Nick rio y Siena intentó darse ánimos, diciéndose que podía conseguir pasar la noche sin derrumbarse. Una vez que se abrochara el cinturón en el avión, podía derrumbarse, si quería. A nadie le importaría que se pasara todo el viaje hundida en sus lúgubres pensamientos.

Pero, primero, tenía que cambiar el billete...

–He llamado a mi asistente personal mientras estabas cambiándote –indicó Nick–. Tienes la posibilidad de tomar un vuelo inmediato a Nueva Zelanda. Puede que me llame para confirmármelo mientras estamos cenando.

–Oh, Nick, eres muy amable, pero no era necesario que te molestaras –aseguró ella y el pulso se le aceleró al fijarse en sus inmensos ojos–. Tu pobre asistente... no tiene por qué trabajar a estas horas.

–No te preocupes por eso. Le pago bien y está acostumbrada a estar a mi disposición siempre que la necesito.

Siena se imaginó a una mujer de mediana edad, eficiente, abnegada y enamorada en silencio de su jefe.

–¿Por la noche, también? –preguntó ella, sin intentar ocultar su escepticismo–. No tendrá familia...

–Al contrario, tiene dos hijos pequeños –explicó Nick con suavidad–. Su esposo es el vigilante de mi casa.

–Muy bien pensado –comentó ella.

–A ellos le viene bien. Creo que te gustarían... son una pareja muy interesante.

Siena asintió con la mirada perdida.

–¿No necesitará saber mi número de billete y otros detalles? –preguntó ella–. Deberías habérmelo dicho en el hotel para que lo apuntara.

–Si necesita algo, mañana por la mañana podrás dárselo.

El coche aminoró la marcha en una calle tranquila, flanqueada por preciosas mansiones.

Siena miró por la ventanilla, admirando el paisaje.

–Había esperado que vivieran en un ático ultramoderno en un rascacielos.

–Me gusta más esto.

–Y a mí –admitió ella con una sonrisa–. La verdad es que te va. Elegante y discreto.

Siena bajó la mirada, recordando cómo con diecinueve años había fantaseado con la casa en que Nick viviría, soñando con compartirla con él. Pero, incluso entonces, había sabido que su relación había sido frágil e imposible. Sin embargo, eso no había impedido que se le hubiera roto el corazón. Aunque tenía que admitir que Nick nunca le había hecho promesas.

No debía haber salido con él, se dijo Siena, deseando estar en cualquier otro sitio.

Nick la guió dentro y ella lanzó una rápida ojeada a su alrededor.

–Es muy bonito.

–Me alegro de que te guste.

El salón estaba decorado con austeridad y belleza, muy de acuerdo con la forma de ser de su dueño. La decoración mezclaba muebles modernos y antiguos con mucho estilo.

–El decorador hizo un buen trabajo.

–¿Quieres algo de beber? –ofreció él, ignorando su comentario–. ¿Te sigue gustando el Sauvignon Blanc?

–Sí, gracias –contestó ella. Habían pasado años desde que ella le había dicho que era su vino preferido y le satisfizo que él lo recordara.

Era un vino blanco de Nueva Zelanda, seco y delicioso. Después de darle un trago, Siena dejó la copa y miró a Nick. El pulso se le aceleró de nuevo.

–Sabor de Nueva Zelanda.

–Me gustan otros vinos también –afirmó él–, pero este me parecía el más apropiado para esta noche. Por tu felicidad –brindó–. ¿Por qué no llevas tu anillo de compromiso?

Siena se encogió y bajó la vista a su dedo desnudo. Adrian no había aguantado mucho con ella. Apenas se notaba el fragmento de piel más pálida donde había llevado el anillo hasta ese día.

Todavía lo tenía en su habitación de hotel. Había preguntado cuánto le costaría enviárselo, pero el seguro era demasiado caro y no podía permitírselo.

Echando mano de toda su fuerza de voluntad, Siena miró a Nick a los ojos con la cabeza alta. No iba a mentir.

–Cuando regresé a mi habitación de hotel, recibí un correo electrónico de mi prometido diciéndome que había encontrado a otra persona –explicó ella, enderezando la espalda.

Nick dejó su copa en la mesa con un poco más de fuerza de la necesaria. Se acercó a ella con expresión furiosa.

–¿Un correo electrónico? –preguntó él con incredulidad.

Siena asintió, apretando su copa entre las manos.

Cuando Nick abrió la boca y la cerró de nuevo, Siena se alegró de no tener que escuchar sus palabras.

Él le quitó la copa de las manos para abrazarla. Suspirando, ella se relajó entre sus brazos y apoyó la cabeza en sus poderosos hombros, mientras él le acariciaba la espalda con manos fuertes y protectoras.

Siena respiró hondo y se abandonó a la cálida sensación de ser abrazada.

–Llora, si quieres –ofreció él con tono frío.

–No quiero –repuso ella, tragándose las lágrimas. Si lloraba, era por la amabilidad de Nick... porque se portaba como un hermano mayor con ella...

Bueno, y eso no tenía nada de malo, se dijo Siena.

–Déjame que te diga que no necesitas en tu vida a nadie que rompe su compromiso a través de un correo electrónico –aseguró él y, tras un momento, añadió–: Ni ahora, ni nunca.

Siena asintió.

–Lo sé. Está bien. No voy a derrumbarme.

–No esperaba que lo hicieras. Eres fuerte.

Algo se derritió dentro de ella. La calidez y la fuerza de su abrazo, a pesar de estar desprovisto de sensualidad, le daba fortaleza. Sus músculos se relajaban, se sentía más libre y su respiración se hacía más tranquila.

Despacio, la sensación de dolor fue pasando. Aun así, ella no se apartó, ni Nick dejó de abrazarla.

Al principio, sin darse cuenta, Siena comenzó a responder a las caricias de su mano en la espalda. Su cuerpo se estremeció, enviando señales inesperadas y secretas de invitación, sumergiéndose en la tentación y en el delicioso placer de estar pegada a él.

Un escalofrío de excitación y aprensión la recorrió y se apartó. Al instante, Nick la soltó y dio un paso atrás, mirándola con atención y gesto indescifrable.

Avergonzada, Siena se sonrojó.

–Gracias –consiguió articular ella con una sonrisa forzada–. Deberías haber tenido hermanas... hubieras sido un excelente hermano.

Nick arqueó las cejas y sonrió con ironía.

–Cada vez que necesites un hombro fraternal, llámame –indicó él, haciéndola sonrojar un poco más.

–Espero no volver a necesitarlo –replicó ella, apartando la mirada.

Con mano ligeramente temblorosa, Siena volvió a tomar su copa de vino y le dio un rápido trago.

Nick se miró el reloj y, como por arte de magia, una mujer apareció en el salón con una bandeja con aperitivos. Él se la presentó como el ama de llaves.

–Come algo –ofreció él–. Estás pálida como un fantasma.

Era obvio que Nick no se había percatado de lo que su cercanía le estaba provocando, caviló Siena.

Menos mal.

–¿No sabías que siempre estoy pálida? Aunque prefiero pensar que tengo un tono claro y etéreo –señaló ella, tratando de recuperar la compostura.

Él sonrió.

–¿Etéreo? Con esos rizos morenos y esa boca carnosa, eso es imposible. Ahora tengo que dejarte, solo serán cinco minutos. Cuando vuelva, quiero que te hayas comido unos cuantos canapés.

Siena lo vio salir de la habitación y posó los ojos en la bandeja. Aunque no tenía hambre, aquellos canapés tenían un aspecto delicioso y olían a gloria. Casi sin pensar, tomó uno y lo mordisqueó, intentando poner en orden sus pensamientos.

Había superado su atracción por Nick, se dijo. Desde hacía años. Ya no quería saber por qué él le había hecho el amor con tanta ternura y se había ido sin más, con la única explicación de que había perdido la cabeza y que lo sentía.

Además de demostrarle lo apasionado que podía ser, Nick la había lastimado. La había herido de una forma que Siena no había comprendido en el momento. Entonces, ella se había prometido no volver a sentir nada tan intenso jamás.

Con todo el esfuerzo de que había sido capaz, había conseguido superar el desamor y continuar con su vida. Había encontrado a un hombre que había creído que nunca la traicionaría como Nick...

Siena se encogió al caer en la cuenta de algo. ¿Había sido esa la razón por la que había elegido a Adrian? No podía creer que su amor por él hubiera sido una mera forma de dejar atrás al brujo que la había hechizado con sus encantos y la había abandonado sin mirar atrás...

Si había sido así, si su dolor por el rechazo de Nick había sido la razón por la que había elegido a Adrian, tal vez su prometido lo había notado...

¿Y cómo era posible que con un simple abrazo fraternal Nick pudiera despertar sus instintos sexuales más salvajes?, se preguntó.

De acuerdo. En el mismo día, había recibido un par de sorpresas desagradables. Se había quedado sin planes y sin dinero, en la otra punta del mundo, lejos de su hogar.

Entonces, había aparecido Nick...

¿Y qué?

A su manera, él se había mostrado protector y amable, cumpliendo con su deber por agradecimiento a sus padres, quienes lo habían ayudado cuando había sido joven y vulnerable.

El sonido de la puerta sacó a Siena de sus pensamientos. Se le encogió el estómago al ver entrar a Nick con el ceño fruncido.

–¿Qué pasa?

–Eso mismo me pregunto yo –repuso él–. Pareces conmocionada.

–Estoy bien.

–Y yo –afirmó él y la observó con atención–. De acuerdo –admitió–. Acabo de hablar con mi asistente personal y me ha dicho que tengo que reorganizar mi agenda. No es más que eso.

–Cuando era niña, solía estar resentida contigo –le espetó ella, sin preámbulos.

–Lo sé –admitió él, arqueando un poco las cejas–. Siempre querías venir con nosotros cuando tu padre y yo íbamos a practicar algún deporte juntos.

–Igual crees que era una mimada.

–Nada de eso –aseguró él–. Eras una niña muy tozuda y siempre decías lo que pensabas. Me acostumbré a tus ceños fruncidos y tus pucheros.

–¡Yo no hacía pucheros!

–Sí, y te quedaban muy bien. Yo lo entendía.

–Muy generoso por tu parte –replicó ella con una sonrisa burlona–. ¿Cómo terminaste siendo el protegido de mi padre? –añadió. Era algo que siempre había querido saber.

–Después de que mi padre muriera, me volví un poco rebelde –explicó él con gesto un poco tenso–. Mi madre estaba tan desesperada que pensó en enviarme a una institución para niños huérfanos, donde tu padre había trabajado como voluntario. Allí nos conocimos y nos caímos bien –recordó y, tras una pausa, añadió–: Le debo mucho. Cuando decidí labrarme mi propio camino en el mundo de la tecnología, él no pudo prestarme dinero para mis inversiones, pero me presentó a gente que sí podía y me ofreció apoyo moral e intelectual.

–No está mal –repuso ella, bastante conmovida–. Pero tú también hiciste algo por él, ya lo sabes. Fuiste el hijo que nunca tuvo.

–Eso espero –admitió él, incómodo, y cambió de tema–. La cena está lista.

Siena había tenido bastante con los dos canapés que se había comido, aunque el vino estaba empezando a subírsele a la cabeza. Se sentía desconectada de lo que le había pasado, como si el rechazo de Adrian fuera una nube borrosa en sus recuerdos. Necesitaba comer para recuperar la sobriedad, pensó.

Sin embargo, a mitad del segundo plato, no pudo comer más. Se detuvo, temblando, incapaz de mantener una conversación.

–Es probable que todavía estés un poco conmocionada –observó él de forma abrupta y se puso en pie–. Puedes pasar la noche aquí.

–No, yo...

–Necesitas descansar –le interrumpió él–. Y no estás fuerte para estar sola. Haré que te preparen la habitación y mañana hablaremos de tus opciones.

–Ni… Nick, no tienes por qué... Creo que he bebido demasiado –balbuceó ella.

–Dudo que media copa de vino te haga ponerte así –opinó él con tono serio–. Siena, deja de esforzarte en fingir. Has tenido un día horrible. Te ayudará dormir un poco, pero no voy a dejarte sola en ese hotel. Quiero asegurarme de que estés bien.

Sería fácil rendirse ante su tono fuerte y autoritario, dejar que Nick la cuidara, pero Siena reunió todas sus fuerzas para negarse.

–No.

–Entonces, llamaré a tus padres y les diré que no estás bien.

Siena se puso rígida y lo miró con incredulidad.

–No te atre… verás –dijo ella, titubeante–. Llevan… llevan años queriendo hacer este viaje. ¿De verdad les harías eso?

–Claro que sí –repuso él con tono frío–. Es lo que ellos esperarían de mí.

–Eso sería una traición –le discutió ella.

–Creo que, desde su punto de vista, no decírselo sería una traición mayor.

Mirándole a los ojos, a Siena se le encogió el corazón al ver su frialdad y sus rasgos duros. Intentó camuflar un sollozo.

–Quieres decir que vas a chivarte –señaló ella, usando una terminología infantil para dejarle claro lo que pensaba de su amenaza.

–Si quieres verlo así, sí –respondió él y esperó–. ¿Entonces?

Siena se rindió.

–Maldito seas. De acuerdo.

–Espera aquí, voy a hacer que te preparen el cuarto. Y come un poco más.

Pero a Siena la comida le sabía a cartón y tuvo que beber agua para poder tragársela.

Cuando Nick regresó, levantó la vista.

–Odio sentirme así.

–Sí, me lo imagino. Pero lo superarás. Tienes mucha energía y mucha fuerza de voluntad... no dejarás que la vida pueda contigo. Y dormir te sentará bien.

Lo más probable era que Nick tuviera razón, pensó Siena, metiéndose desnuda en la cama del cuarto de invitados. Sin embargo, en ese momento, no se sentía nada fuerte, ni capaz de poner orden en sus pensamientos.

Cuando sonó su móvil, lo ignoró pero, ante su insistencia, encendió la lámpara de la mesilla para responder.

Era un correo electrónico de su hermana. En él, Gemma se le pedía perdón. ¿Por qué?

Cuando terminó de leerlo, se quedó perpleja. ¿Gemma... y Adrian?

Gemma había intentado localizarla en el hotel por teléfono, pero no la había encontrado. Siena reconoció la desesperación de su hermana, disculpándose por amar a Adrian, diciéndole que había tratado mantenerse al margen, no verlo...

–No puedo... –balbuceó Siena y se dejó caer sobre las almohadas con la cabeza dándole vueltas.

Tras un momento, respiró hondo y se incorporó. Su amor por su hermana y su costumbre de cuidarla le impedían dejar a Gemma sumida en tanta desesperación.

Tardó media hora en escribirle un correo de respuesta, calmándola. Incluso le aseguró que estaba bien y que iba a pasar la noche en la preciosa casa de Nick.

Después se quedó tumbada, muy quieta, en la enorme cama y quedó profundamente dormida.

Soñó que buscaba a alguien por los más extraños escenarios, llamando un nombre desconocido, vagando por la jungla, frenada por las ramas vivas de los árboles y, al mismo tiempo, temiendo que, si se detenía, perecería y nunca podría ver a la persona que buscaba.

–¡Siena, despierta!

La orden de Nick hizo pedazos su sueño. Una mano fuerte en le hombro la sacudió, haciéndole recobrar la conciencia. Cuando abrió los ojos, vio el rostro de él, muy cerca. El corazón le dio un brinco en el pecho.

–Todo está bien –dijo él, calmándola–. Es solo un sueño. Ya ha pasado.

Siena se estremeció, sin poder evitar las lágrimas. Murmurando algo entre dientes, Nick se sentó a su lado en la cama y la tomó entre sus brazos.

La abrazó como había hecho antes, ofreciéndole consuelo silencioso. Combatiendo las lágrimas con fiereza, ella se relajó en la calidez de su cuerpo, rindiéndose a la seguridad que la envolvía.

Despacio, muy despacio, Siena fue dándose cuenta de que la piel del hombre estaba desnuda y mojada por sus lágrimas.

Y ella también estaba desnuda. Estaban pegados de cintura para abajo, piel con piel. Y ella podía notar el latido acelerado de su corazón.

Un montón de recuerdos reprimidos la asaltaron. Recuerdos de su noche juntos, cuando Nick le había enseñado lo que era la pasión y le había robado la virginidad.

Ella no había tenido ni idea de que el deseo pudiera ser tan fuerte y, al mismo tiempo, tierno, sensual y suave... No había sabido que la excitación podía envolverla en un tornado y consumirla con el ansia de darlo y tomarlo todo, de rendirse hasta lo más íntimo de su alma.

Pero no debía olvidar lo que había pasado después.

Con decisión, Siena se aferró a la amargura de su separación, pero su mente traidora no abandonaba la imagen de sus dos cuerpos entrelazados bajo el calor de la pasión.

Aterrorizada, se dijo que debía apartarse de él.

–Antes te dije que lloraras –dijo él con voz vibrante–. Debí haber sabido que lo harías con tanta entrega y pasión como haces todo lo demás.

Siena tomó aliento entre sollozos. Estaban demasiado cerca, podía percibir su aroma... a jabón y a Nick, una combinación demasiado tentadora.

Un incontrolable estado de sensualidad la envolvió, contra su voluntad, hasta el punto de no querer apartarse...

Pero se trataba de Nick, se advirtió a sí misma, el mismo hombre que la había dejado sola y humillada. Sin embargo, tenía la mente abotargada por su presencia y no conseguía reaccionar.

La traición de Adrian le parecía un eco lejano en esos momentos...

Siena levantó la vista a sus ojos verdes y el deseo la atravesó, inundándola de calor.

Como si no pudiera controlarse, Nick inclinó la cabeza y la besó. Ella se puso rígida al principio pero, de inmediato, dejó de pensar y se rindió a la pasión.

–No practico el sexo por compasión, Siena –le espetó él cuando sus bocas se apartaron–. Si quieres continuar, debes comprender quién soy. Y que no habrá nada de compasión ni de amistad en esto.

Siena tardó un par de segundos en digerir sus palabras. Avergonzada, abrió los ojos, encontrándose de frente con una mirada enigmática y metálica.

–No puedo... No, no quiero eso –murmuró ella y se apartó, dejando sin querer su pecho al descubierto.

Nick posó los ojos en sus pechos. Ella agarró la sábana para taparse, pero no pudo, pues él estaba sentado encima.

Nick se levantó y se giró, mientras ella se tapaba con desesperación, poseída por un maremoto de emociones contradictorias.

Él llevaba solo unos pantalones de pijama y, al verlo, fuerte, alto, bronceado, a ella se le quedó la boca seca.

Siena tragó saliva.

–Lo siento. No sé... no sé qué me ha pasado.

–Se llama proximidad y no tiene nada de raro. Nos pasó ya en una ocasión, ¿recuerdas?

¡Ojalá pudiera olvidarlo!, pensó ella.

–Sí, me acuerdo –admitió Siena, ignorando el color que se le subía a las mejillas.

–Lamento mucho mi comportamiento de esa noche. Me gustaría haber manejado la situación mejor, para que hubiéramos podido seguir siendo amigos.

¿Proximidad? ¿Amigos?

Su tono frío y desapegado la dejó helada.

–No pasa nada, Nick. No te preo… cupes. Es agua pasada –consiguió decir ella y, tras una pausa, añadió–: Gemma me ha enviado un correo electrónico. Adrian y ella... están enamorados. Y ella está sufriendo mucho por la situación.

–Y tú quieres volver a casa para cuidar de ella –adivinó Nick.

–Quiero volver cuanto antes. Siento haber llorado. No había tenido una pesadilla desde que era niña –repuso ella y, tratando de quitarle hierro, apostilló–: No debes preocuparte, no le diré a Portia lo que ha pasado.

–No me preocupa. Portia y yo no estamos comprometidos.

¿Entonces por qué la rubia le había llamado «cariño»?, se preguntó Siena, consumida por los celos. Apretando los labios, contuvo su curiosidad.

Nick se volvió hacia la puerta y a ella le dio un brinco el corazón. Incluso de espaldas era un hombre imponente, de anchos hombros, caderas estrechas y músculos apretados y perfectos.

Sin pensar, dejándose llevar, Siena se sintió compelida a decir su nombre.

–¿Qué? –preguntó él, girándose.

–Gracias por... por consolarme –balbuceó ella con voz ronca y se enfureció por su propia estupidez–. ¡Ojalá pudiera decir una frase entera sin atragantarme con las palabras!

–Acabas de hacerlo –comentó él con una breve sonrisa–. ¿Crees que podrás dormir ahora?

Capítulo 4

SIENA lo comprendía. Nick estaba intentando dar marcha atrás al reloj, tratando reestablecer su relación casi de hermanos a antes de lo que había sucedido entre ellos hacía cinco años.

–Sí, claro –dijo ella, tragándose sus ganas de protestar.

–Te traeré algo para beber –ofreció él–. Tienes que hidratarte después de haber llorado tanto.

–Gracias, pero yo misma puedo ir a por agua –repuso ella, deseando quedarse a solas, y miró hacia el baño.

–Quédate aquí –ordenó él.

Dolida por su tono autoritario, Siena trató de contener el cúmulo de sentimientos y pensamientos que la atenazaba.

Si él hubiera querido, en ese momento, estaría derritiéndose entre sus brazos, en su cama, reconoció para sus adentros. Por suerte, él había tenido el autocontrol necesario para detenerse a tiempo.

Nick le había dado la oportunidad de apartarse.

Y ella debía estarle agradecida. Rendirse al deseo hubiera sido lo más estúpido que hubiera hecho en su vida... aparte de la noche que había pasado con él hacía cinco años.

–La mayoría de la gente prefiere dormir tumbada –señaló él, sobresaltándola–. Toma, bébete esto.

–Gracias –repuso ella con voz ronca y agarró el vaso. Con mano temblorosa, se lo llevó a los labios y consiguió tragar un poco.

–Que duermas bien –dijo él con gesto indescifrable y se giró para salir de la habitación.

Siena sintió un escalofrío ante aquel rechazo definitivo.

¿Pero qué había esperado?, se dijo a sí misma y bebió otro trago, tratando de poner orden en sus caóticos pensamientos.

El primer impulso de Nick había sido consolarla. La situación había cambiado cuando ella se había calmado lo bastante como para darse cuenta de lo que le estaba pasando. Los hombres podían desear a mujeres que no amaban, por eso, no era de extrañar que él hubiera respondido a su cercanía de esa manera.

Lo que Siena no podía comprender era cómo ella había perdido el control de esa manera. ¿Cómo había permitido que el abrazo de Nick bastara para dejarle la mente en blanco?

¿Acaso su amor, sereno y sólido, por Adrian no había sido amor en realidad?

Siena sintió asco de sí misma, al pensar en esa posibilidad. No podía haberse estado engañando a sí misma de esa manera... ¿o sí? Después de todo, si Adrian no le hubiera importado, no se habría tomado tan mal su correo...

El mensaje de Gemma había añadido más estrés a su abrumada cabeza. Su hermana parecía estar de veras angustiada. Necesitaba volver cuanto antes a casa para asegurarle a Gemma, y de paso a sí misma, que no le había destrozado la vida.

Sin ganas, bebió más agua, dejó el vaso en la mesilla y cerró los ojos. Tenía que enfrentarse a la verdad.

Sus sentimientos podían definirse como sorpresa y cierta rabia, pero no tenían nada que ver con el hondo dolor que la había atenazado durante meses cuando Nick la había dejado después de su noche juntos.

De todos modos, lo que la había impulsado a acostarse con él entonces no había sido amor. Solo deseo.

Un deseo tan poderoso como para volver a encender los rescoldos de unas llamas que llevaban cinco años vivas. Entre los brazos de Nick, se había sentido transportada a otro mundo...

Pero estaba segura de que a él no le había pasado lo mismo. Sí, la había deseado, pero no tanto como para no haber podido controlarse.

Siena se atragantó con el último trago de agua, pensando en el beso que acababan de darse.

No debía darle más vueltas, se ordenó a sí misma.

Había aprendido lo vulnerable que era al poderoso carisma de Nick y debía protegerse. Debía recordar que él no quería relaciones serias y, de momento, ella tampoco.

Cuando llegara a su casa, lejos de Nick, le sería más fácil quitárselo de la cabeza. Se centraría en encontrar un buen empleo en el que su jefe fuera una mujer o un hombre felizmente casado.

La intensidad del beso de Nick no había significado nada, se repitió.

Por la mañana, le despertó el ama de llaves con la bandeja del desayuno. Ella le dio las gracias, pensando que había sido una buena idea por parte de Nick. Así, no tendrían que encontrarse para desayunar. Se comió casi todo, se tomó el café y se levantó para ir al baño.

Cuando Siena salió, reapareció el ama de llaves en su habitación.

–El señor Grenville quiere verla en su despacho, señorita, si no le importa.

–¿Puede enseñarme dónde está? –pidió Siena, nerviosa.

–Por aquí.

El despacho de Nick era enorme, con una gran mesa con un completo equipo de comunicaciones, una estantería con ficheros y libros y un óleo. El paisaje era familiar para ella: la playa que había bajo su casa en la Costa Norte de Auckland.

Nick estaba de pie junto a la ventana, observándola. Por supuesto, él no parecía distinto. Sin embargo, ella se sentía una persona diferente a la que había sido hacía veinticuatro horas, como si su vida hubiera tomado un nuevo rumbo.

Y aquel pensamiento la asustaba.

La enigmática mirada de Nick le recorrió la cara, haciéndola estremecer, y se posó en su vestido. Él sonrió.

–Lo sé, lo sé –dijo ella, intentando sonar calmada–. Es el mismo vestido de siempre.

–Estás muy guapa, como siempre.

–Te estarás refiriendo a mi hermana –le corrigió ella, pues no se consideraba a sí misma una mujer guapa. Sí, tenía una piel bonita y un pelo sano, pero nada más.

–Gemma es hermosa –aceptó él–. Y tú siempre me has parecido muy atractiva. ¿Acaso envidias la belleza de tu hermana?

Aunque sorprendida por su pregunta directa, Siena no necesitó pensarse la respuesta.

–No. Lo que me gustaría tener son sus largas piernas. Creo que tengo complejo de bajita, porque todo el mundo me parece más alto que yo.

Nick rio.

–Tus piernas son proporcionadas con el resto de tu cuerpo. Y no creo que tengas ningún complejo. Tu madre suele decir que tienes determinación más que de sobra para buscar tu lugar en el mundo.

–Ya. Lo que pasa es que las personas bajitas tenemos que hacer mucho ruido para que no nos miren por encima del hombro.

–Me niego a creer que la gente te mire por encima del hombro –señaló él y se miró al reloj–. Estoy esperando una llamada, pero antes quiero hablar contigo. ¿Aceptarías que yo pagara tu estancia en el hotel?

–No –negó ella, ofendida.

–¿Por qué? Así, no tendrías que preocuparte por el dinero. Podrías visitar Londres con calma e irte a casa con el billete que habías comprado.

Nick lo hacía sonar como si fuera algo de lo más normal. De hecho, era probable que, para él, pagarle una semana de hotel fuera algo insignificante.

Pero, para ella, no.

–No –repitió Siena con determinación–. No aceptaré tu dinero y quiero regresar a casa cuanto antes.

–¿Tienes prisa por consolar a Gemma y decirle que no pasa nada, que no te importa que te haya robado al novio? –replicó él con tono burlón–. ¿No crees que ya es hora de que tu hermana crezca y deje de depender de ti?

Siena se quedó estupefacta.

–Quiero irme a casa –insistió ella tras un momento.

–Esta tarde me voy a Hong Kong –informó él–. Puedes venir conmigo, si quieres.

Siena se quedó mirándolo, preguntándose si había oído bien.

–Debe de ser la primera vez que no sabes qué responder –observó él con expresión velada–. Un simple sí o un no bastarían.

–¿Por qué? –preguntó ella, para ganar tiempo.

–¿Por qué me voy? Es un viaje de negocios... He quedado con una delegación del gobierno chino.

–No puedo ir a Hong Kong contigo sin más –dijo ella al fin con el corazón acelerado.

–¿Por qué no? Luego, podrás volver a casa.

Su tono autoritario y distante dejaba claro que él había superado el pequeño episodio de la noche anterior. Siena deseó poder estar por encima de la situación con la misma facilidad.

–La reunión que tengo prevista durará todo el día de mañana. Después, tengo que ir a Nueva Zelanda. Si me acompañas, tendrás tiempo de echarle un vistazo a Hong Kong antes de regresar a Auckland. ¿Has estado alguna vez en China?

Siena negó con la cabeza.

–Suena genial, pero ni siquiera tú podrías conseguir un billete de última hora a la otra punta del mundo, sobre todo, cuando no hay ninguna urgencia y, además, yo no me puedo permitir...

–No te costará nada... ni a mí. Soy propietario de la aerolínea –informó él, como si fuera lo más normal del mundo.

–Claro –repuso ella, parpadeando, y respiró hondo. Sería demasiado peligroso ir a ninguna parte con él–. ¿Y dónde dormiremos...?

–Si crees que pretendo seducirte, no te preocupes –le interrumpió él con tono frío–. Estarás a salvo. Tú quieres volver a casa y yo voy en esa dirección, solo tengo que hacer una parada técnica en China. Es lo más fácil para ti.

Siena se mordió el labio, sintiéndose avergonzada.

–No creo que pienses intentar nada, es solo que... –balbuceó ella–. No quiero ser una molestia.

–Confía en mí, me molestarás menos si puedo cuidar de ti que si te dejo aquí sola en Londres y sin dinero. Tengo una suite en uno de los hoteles más grandes de Hong Kong, así que no me costará nada que vengas conmigo –explicó él y, sin dejarla hablar, continuó–: Además, tus padres se preocuparían de que estuvieras aquí sola.

Siena dio un respingo.

–Eres un manipulador, pero eso no te servirá conmigo. No solo tengo veinticuatro años, sino que soy muy capaz de cuidar de mí misma y mis padres lo saben. Tú también deberías saberlo.

Nick se puso rígido. Siena no podía haber dado más en el blanco. Le había tocado un punto débil. Sus dotes manipuladoras no le enorgullecían y solo las usaba como último recurso. Y le molestaba sobremanera que ella se diera cuenta.

Después de su estúpido comportamiento de la noche anterior, le parecía una locura invitarla a acompañarlo, reconoció Nick. Pero no pensaba dejarla sola en Londres, de ninguna manera, sobre todo, después de la noticia que ella había recibido. No podía evitar su instinto protector. Haría lo mismo por una hermana, se dijo a sí mismo.

–Estoy seguro de que puedes enfrentarte al mundo maniatada y con los ojos cerrados, pero en estos días las líneas aéreas estarán repletas de australianos y neozelandeses que regresan a casa por Navidad. No es muy probable que puedas adelantar tu billete.

–Estamos solo a comienzos de diciembre –protestó ella–. No será tan difícil. Nick, no tienes que preocuparte por mí... no es necesario.

De nuevo, Nick se maldijo por haber sido tan imprudente la noche anterior. Si no la hubiera besado, ella habría confiado en él y lo habría acompañado sin rechistar.

La pérdida de su confianza le dolía más de lo que había esperado.

–Tengo que informar a tus padres, entonces.

Eso hizo que Siena se quedara paralizada.

–Si estuvieran en casa, les contarías lo que ha pasado.

–Eso no tiene nada que ver –replicó ella.

–Sí tiene que ver y lo sabes. Conozco a tus padres y sé que no les gustaría que se lo ocultara.

Ella lo miró con ojos brillantes, como si fuera su peor enemigo. Tras unos instantes, suspiró.

–De acuerdo, tú ganas. Gracias por la invitación.

–Bien. Es un trato. ¿Quieres que pida que traigan tu equipaje?

–No –se apresuró a responder ella–. Lo haré yo –dijo y, un momento después, añadió–: Gracias, Nick. Igual sientes que le debes algo a mi padre por los años que cuidó de ti, pero ahora ya puedes considerar pagada tu deuda.

Por alguna razón, su comentario lo irritó.

–No estoy pagando ninguna deuda. Lo hago solo porque es lo más razonable –aseguró él e hizo una pausa–. ¿Qué piensas hacer cuando regreses?

–Encontrar otro trabajo –afirmó ella–. No me gusta la inseguridad de no saber cuánto tiempo voy a sobrevivir en números rojos.

–Me refiero a qué harás con Adrian Worth.

–Nada –contestó ella, apretando los labios.

–¿No le echarás nada en cara? –insistió él. Sin saber por qué, quería conocer la respuesta.

–Sería una pérdida de tiempo –opinó ella, como si no le importara–. Lo nuestro ha terminado.

Nick se encogió de hombros. Ese Adrian era, sin duda, un idiota y ella estaba haciendo lo correcto al pasar de él.

–Bien –dijo Nick–. El coche te llevará al hotel y te esperará allí para traerte de nuevo.

Siena se quedó mirando a su alrededor en el opulento salón.

–Pensé... –comenzó a decir y se interrumpió.

Cuando Nick le había dicho que la aerolínea era suya, ella no había imaginado que viajarían en un lujoso jet privado.

Ni que iban a ser los dos únicos pasajeros.

Estar a solas con él la preocupaba. Y, aparte de eso, la emocionaba, lo que era más preocupante todavía.

Se sentía como una exploradora en un territorio desconocido, sin saber qué tenía por delante, intuyendo que podía estar adentrándose en el peligro...

Durante un momento, tuvo miedo, pero consiguió calmarse. Algunas veces, los exploradores encontraban maravillosos tesoros.

Después de pasar por la aduana, un coche los había llevado hasta el avión y una azafata los había llevado a la cabina principal, exquisitamente amueblada, con sofás y una enorme pantalla de televisión.

Lo mejor que podía hacer era disfrutar de la experiencia, se dijo Siena. No iba a tener muchas oportunidades más de viajar así.

Nick señaló a un par de asientos con cinturones de seguridad.

–Estamos a punto de despegar, así que siéntate y abróchate el cinturón. Dime, ¿y qué pensabas?

–La verdad es que no esperaba que viajáramos en un avión privado.

–¿Preferirías ir en un vuelo comercial? –quiso saber él, frunciendo el ceño.

–No. No me da miedo volar –aseguró ella. Su pulso acelerado se debía, más bien, a su cercanía, no a las alturas–. Lo que pasa es que no estoy acostumbrada a tanto lujo. Pero no te preocupes, pienso disfrutarlo al máximo.

–¿Has revisado ya todos tu correos electrónicos?

–Sí... Me ha escrito mi padre.

–Sois una familia muy unida.

Su tono, un tanto nostálgico, llamó la atención de Siena. No sabía si a él le quedaba algún pariente. Nick nunca lo había mencionado. Ella sabía que su madre había muerto poco después de que Nick le hubiera comprado una casa con vistas a la bahía de Auckland. Casi inmediatamente después, él se había mudado de Nueva Zelanda.

–Tenía que ponerles al día del cambio de planes –continuó Siena, sin mirarlo.

También le había enviado un mensaje, corto y difícil, a su exprometido. Por alguna extraña razón, había empezado a sentirse culpable con Adrian. Mientras había estado escribiéndole el mensaje, no había podido dejar de pensar en lo excitante que le parecía la perspectiva de pasar una noche en Hong Kong con Nick...

Si, al menos, no lo hubiera besado..., pensó Siena. Pero no podía culpar a Nick por su sensación de haber timado en cierta forma a Adrian.

–¿Están divirtiéndose tus padres? –preguntó Nick, sacándola de sus pensamientos.

–Se lo están pasando genial. Mi padre está volcado con los juegos de mesa y la biblioteca y mi madre ya ha hecho varias amigas. Y cada noche se quedan bailando casi hasta el amanecer.

–¿Y cómo está Gemma?

El avión comenzó a moverse y Siena miró por la ventanilla, despidiéndose en silencio de Londres.

–Parece mejor –repuso ella y le lanzó una rápida mirada–. Es muy sensible.

Nick arqueó las cejas con gesto burlón, pero Siena no contestó, distrayéndose con el despegue del avión. Se relajó en su asiento, apoyándose en el respaldo.

De pronto, la invadió la extraña sensación de estar entrando en otra dimensión, como si su futuro estuviera tomando un nuevo rumbo, emocionante, inesperado, lleno de peligros.

Quizá, era normal sentir eso cuando se viajaba en un jet privado, se dijo a sí misma para tranquilizarse.

–¿Siempre viajas en tu propio avión?

–Casi siempre. Me ahorra tiempo y me permite trabajar mientras viajo. Suele ser más sencillo así.

–¡Apuesto a que sí! –exclamó ella y suspiró–. Este viaje me va a malacostumbrar para siempre.

Nick sonrió.

–Lo dudo –dijo él y se miró el reloj–. He notado que ayuda a reducir el jet lag, si al llegar a mi destino comienzo a trabajar con el horario de allí. Enseguida nos servirán el té. ¿O prefieres beber otra cosa?

–Té está bien, gracias –repuso ella y sacó un libro del bolso–. Si quieres trabajar, adelante. No necesito que me des conversación.

–Ya.

Siena lo miró, tratando de averiguar qué estaba pasando por su cabeza. Él sonrió con su intensa mirada verde, sin darle ni una pista de lo que pensaba.

Nick siempre había sabido ocultar sus sentimientos, desde que ella lo había conocido. ¿Qué le habría hecho desarrollar tan firme autocontrol de sus emociones?

Tal vez tuviera que ver con el trauma que había vivido en su niñez, caviló Siena.

O igual era algo innato en él.

–Tengo que trabajar, pero esperaré hasta que quiten la señal de abrocharse el cinturón.

Ella se sumergió en su libro, hasta que un breve timbre anunció que había alcanzado velocidad de crucero y Nick se puso en pie.

–Iré a trabajar a mi escritorio –informó él–. Si necesitas algo, díselo a la azafata.

Ese hombre era una sorprendente mezcla de hombre de negocios y *sex symbol.* Su aspecto imponente lo era todavía más gracias a su aura de poder.

Era un tipo peligroso, se dijo ella, contemplándolo de reojo.

Y, muy a pesar suyo, no podía evitar sentirse cautivada.

Capítulo 5

MEDIA hora después, Siena hizo un descanso de su lectura. No había conseguido meterse en la trama de misterio de su novela, ni en la piel de sus protagonistas. Así que cerró el libro y se acercó al sofá que había delante de la televisión.

–Si quieres, enciéndela –dijo Nick.

Ella sonrió y, cuando sus ojos se encontraron, se le encogió el estómago.

–No, gracias, pero si tú quieres...

–Todavía no he terminado con esto –indicó él y volvió a posar la atención en la pantalla de su ordenador.

Siena tomó una revista y la ojeó. Le llamó la atención un artículo sobre un castillo en los Pirineos y otro sobre un exclusivo spa en Bali. Admirando las fotos de aquellos refugios de lujo, decidió que un día visitaría aquella hermosa isla tropical. Tal vez. Cuando encontrara un trabajo y ahorrara dinero.

Poco después, mientras contemplaba las fotos de paisajes nevados, oyó a alguien aclarándose la garganta a su lado.

Al levantar la vista, vio a la azafata con un carrito con deliciosos bocados.

–¿Té, señorita Blake?

Siena miró a Nick, que levantó la cabeza de su ordenador.

–Yo quiero té inglés, sin azúcar ni leche y cualquier bollo que tenga buen aspecto.

¿Le estaba pidiendo que le eligiera uno?, se dijo Siena y recordó cuando él había devorado la tarta de chocolate y merengue decorada con pedazos de kiwi que, a veces, había preparado su madre para ellos en Nueva Zelanda. Pero, aparte de eso, no conocía sus gustos.

–Deje aquí el carrito, gracias –le pidió ella a la azafata.

Cuando Nick se sentó a su lado, Siena le sirvió té y le tendió la taza, con mucho cuidado de que sus dedos no se rozaran.

–Esto me recuerda al día en que me gradué y mis padres nos invitaron a unas amigas y a mí a tomar té en un hotel de cinco estrellas. Primero, nos sirvieron champán y pequeños pastelitos como estos –señaló ella para romper el silencio y añadió leche a su taza–. Y el camarero estaba tan ocupado mirando a Gemma que casi se le cae el champán encima de mi vestido, un traje que había alquilado para la ocasión.

Nick torció la boca.

–Muy poco profesional por su parte.

–Bueno, si salieras de vez en cuando con Gemma, te acostumbrarías a ese tipo de cosas. Lo pasamos muy bien –añadió ella y sonrió, recordando.

–Yo intenté asistir, pero me fue imposible. Tuve que ocuparme de una urgencia, fueron días muy delicados para las finanzas internacionales.

Entonces, Siena se había sentido decepcionada pero, también, un poco aliviada.

–La economía mundial tenía que entrar en crisis justo el día de mi graduación.

–¿No quisiste hacer estudios de postgrado?

–Tú no eras el único que tenía que enfrentarse a la crisis económica –contestó ella, negando con la cabeza–. Mis padres ya me habían ayudado bastante. Y yo quería empezar a trabajar cuanto antes.

–Y empezaste a trabajar en un vivero... después de estudiar un curso de Empresariales –observó él con cierto tono de sorpresa.

–Me gustan los jardines y las plantas –explicó ella, un poco a la defensiva–. De hecho, estudié un módulo de Paisajismo antes que Empresariales. Y me caía muy bien la mujer que me contrató. Además, me necesitaba.

–¿Por qué?

–Su marido, que acababa de morir, siempre había sido el encargado de la parte financiera. Ella era jardinera, no empresaria, y se sentía perdida y hundida. Le encantó que yo me ocupara de la administración del vivero.

–No me sorprende –comentó él y tomó un sándwich del carrito–. Das mucha confianza y seguridad. Debiste de ser de gran ayuda para una mujer que acababa de quedarse viuda.

–Bueno, gracias –repuso ella, sorprendida–. Nick, acabo de acordarme de que te gustaban los bollos de crema. A mí no me gustan, ¿por qué no te los comes tú?

Él rio y, durante un instante, a Siena le recordó al muchacho que solía bromear con ella y su hermana de pequeños, que les había enseñado juegos, que había consolado a Gemma cuando se habían metido con ella por ser tan alta en el colegio, que había trepado a un árbol para ayudarle a bajar a ella en una ocasión...

Con los adultos, Nick siempre se había mostrado

distante y cauto, hasta que había hecho amistad con su padre y, poco a poco, se había ido relajando.

Tal vez, había sido porque de niño había aprendido que no había sido seguro confiar en los adultos.

–Pues los miras mucho. ¿Seguro que no los quieres tú?

–¡No! –negó ella, riendo, sintiéndose como si le hubiera leído la mente–. Pero no te creas que voy a dejar que te comas todos los sándwiches de jamón y queso.

–Siempre has tenido buen apetito –comentó él de buen humor–. Solía preguntarme dónde metías tanta comida, pero me di cuenta de que lo quemabas todo con tanta actividad. Es un gusto tratar con mujeres que no son delicadas con la comida.

–Lo dices como si fuera una tragona –replicó ella y suspiró, posando los ojos en un trozo de pastel–. De todas maneras, voy a probar ese pedazo de tarta, aunque será como comerse una obra de arte. ¿Te acuerdas de que mi madre solía cortar la parte de arriba de chocolate y pegársela con nata a los lados a los pedazos de tarta, como si fueran alas?

–Claro que sí –afirmó él–. Tú las llamabas tartas de mariposas.

Ella rio.

–Me acuerdo de una vez que te comiste cinco. Me impresionaste mucho.

Más tarde, Siena se sentó en una enorme cama de matrimonio que había en uno de los departamentos del avión. Era una sala muy acogedora, con baño incluido.

Con su pijama comprado en unos grandes almacenes, se sentía fuera de lugar entre tanto lujo.

De pronto, sus pensamientos volaron de nuevo a

los últimos sucesos. Los ojos se le llenaron de lágrimas al pensar que, tal vez, no había sido fiel a sí misma cuando se había prometido con Adrian. Había hecho el amor con él, habían hecho planes de futuro juntos... y era posible que ella solo hubiera estado representando un papel.

Sin embargo, con Nick se sentía emocionada, estimulada, más viva, más...

Parpadeando, Siena trató de frenar su tren de pensamiento. Miró a su alrededor, admirando los tonos suaves de la decoración. Aquel no era su lugar, se repitió a sí misma. Estaba en el mundo de Nick, un mundo que nunca le pertenecería a ella.

Cuando él se casara, si lo hacía, elegiría a alguien que encajara en ese entorno, alguien acostumbrado a recorrer el mundo en un jet del más puro lujo. Cualquier interés que pudiera tener en ella, no iba a durar, adivinó. La había besado, sí, pero después de eso no había intentado volver a tocarla. Al ser hija de su padre, él no podía considerarla como... ¿qué?

¿No podía considerarla como amante?

–Oh, déjalo ya –se dijo Siena a sí misma. Nick podía elegir a la mujer que quisiera... ¿por qué iba a fijarse en ella?

Entonces, alguien llamó a la puerta. Siena iba a decir que pasara, pero se calló de golpe cuando se vio en el espejo. Sus pantalones cortos y su pequeña camiseta de pijama dejaban al descubierto demasiada piel.

Se levantó y se puso la bata que había encontrado en la habitación al llegar, aunque le quedaba demasiado grande.

Cuando abrió la puerta, sin poder calmar los latidos de su corazón, Nick estaba allí.

–Has estado llorando.

–Yo... no –balbuceó ella, sintiéndose como una niña con ropas de adulta.

Nick alargó la mano para acariciarle la mejilla con suavidad, dejándola petrificada. Fue una caricia tierna y tan seductora como una copa de champán en una tarde de verano...

–Estoy bien. No voy a ponerme a lloriquear en tu hombro otra vez –aseguró ella, sacando fuerzas–. ¿Querías algo?

–Solo quería asegurarme de que no te faltara nada –repuso él con voz tensa.

–Todo está bien, gracias –afirmó ella de forma un tanto abrupta.

–Bien. Nos veremos por la mañana.

Nick se dio media vuelta y se fue.

Siena cerró la puerta y se apoyó en ella, mirándose al espejo con gesto sombrío. Parecía una...

–Una mujer insignificante –se dijo ella entre dientes.

Entonces, se quitó la bata y se metió en la cama, apagó la luz y se quedó mirando al techo, escuchando los sonidos del motor del avión.

Siempre se había enorgullecido de su sentido común, se recordó a sí misma. Y solo una idiota podía enamorarse de un hombre que no hacía más que demostrarle lo mucho que lamentaba haberla besado. Sin duda, le había ofrecido acompañarla hasta Nueva Zelanda por una única razón: por gratitud a su padre.

Sumida en sus elucubraciones, Siena tomó una decisión. Ni una tontería más, se dijo.

Desde ese momento, se limitaría a disfrutar del lujo y de su visita a Hong Kong. Y no olvidaría que su relación con Nick se limitaba a ser amigos de la infancia.

Por otra parte, desde que había subido al avión, apenas había pensado en Adrian. ¿Tan fácil le iba a resultar olvidarlo? Al parecer, era mucho más desapegada y fría de lo que había creído...

Nick miró la hora y apagó el ordenador. Tenía la primera reunión con la delegación china dos horas después de que el avión llegara a Hong Kong y quería estar preparado.

Eso significaba que debía dormir. Sin embargo, no tenía sueño, sino demasiada energía. Lo que necesitaría sería hacer ejercicio, quedarse exhausto en el gimnasio.

Apretando los labios, se dirigió al otro cuarto. Se dio una ducha caliente para relajar los músculos después de haber estado sentado tanto tiempo en la misma postura. Se tumbó luego en la cama, pero no podía dormir. Al recordar la imagen de Siena con esa bata demasiado grande sonrió.

Sin embargo, no podía seguir huyendo de la verdad. Incluso con aquella bata tan poco sexy, la había deseado.

Y seguía deseándola. Al pensar en ella, le subía la temperatura, igual que le había pasado hacía años.

Hubiera sido más fácil de comprender si se hubiera sentido atraído de esa manera por su hermana. Pero Gemma le dejaba frío.

Hacía cinco años, cuando había perdido la cabeza y le había hecho el amor a Siena, se había sentido en su hogar. Después, mientras ella había dormido entre sus brazos, había luchado para combatir una abrumadora sensación parecida al amor. Furioso por haber perdido el control, se había obligado a ignorar la calidez y suavidad de su cuerpo femenino y la sensación de plenitud que le provocaba.

El amor había sido un riesgo con el que no había contado. Durante toda su vida, había convivido con el lado oculto del amor y había sido testigo de toda la destrucción que podía causar. Hacía a las personas prisioneras, las convertía en esclavas a merced de la crueldad del ser amado.

Además, hacía cinco años, él había sido un joven inmaduro y había tenido un futuro por delante en el mundo de los negocios, un futuro que le había exigido toda su entrega y concentración.

Cuando Siena había reaparecido en su vida hacía unos días como un pequeño terremoto, sin embargo, toda su decisión y seguridad se habían tambaleado. Aunque siempre había sido fiel con sus parejas, nunca había consentido entregarse emocionalmente. Hasta ese momento, su vida le había resultado satisfactoria. Pero, de pronto, le había empezado a parecer vacía y estéril.

De todos modos, lamentaba haberla besado la noche anterior, se dijo y se volvió intranquilo en la almohada, sin poder evitar preguntarse cómo sería tenerla de nuevo en su cama.

¿Por qué había bajado la guardia y se había dejado llevar, besándola? El novio de Siena acababa de dejarla y lo último que ella había necesitado había sido que él traicionara su confianza intentando aprovecharse de la situación.

Por otra parte, Nick no quería servirle de consolador ni pensaba ocupar el lugar de otra persona, justo cuando ella acababa de romper con otro hombre.

Si se acostaba con Siena, lo quería todo de ella.

Su propio pensamiento le sorprendió. Pero tenía que aceptarlo. Era lo que sentía. Y la verdadera razón por la que la había invitado a acompañarlo en su viaje a Hong Kong. Debería haberle comprado un billete de primera clase para ir a Nueva Zelanda, en vez de llevarla con él.

Lo malo era que Siena no habría aceptado su oferta y él no habría podido convencerla.

De todos modos, solo serían dos días. Después de que volvieran a Nueva Zelanda, podrían volver a mantener las distancias, como habían estado haciendo en los últimos cinco años.

Al menos, ella colaboraría en eso, pensó Nick. Aparte de la forma apasionada en que había respondido a su beso, Siena se había mostrado distante todo el tiempo, sin lanzarle miradas seductoras ni comentarios insinuantes.

Frunciendo el ceño, Nick se agarró a la almohada e intentó dormir. Poco a poco, se sumergió en un sueño en el que Siena se perdía en la oscuridad y en la distancia.

Sintiéndose como una extraña entre tanto esplendor, Siena esperó a estar a solas con Nick antes de mirar a su alrededor sin recato en su suite. La llegada a Hong Kong había sido de lo más surrealista.

Una limusina los había recogido en el aeropuerto y los había llevado hasta el aparcamiento de un hotel. Allí, los había recibido un hombre de traje y los había acompañado a una suite en el ático.

Todo muy privado y discreto...

Siena se giró despacio para ver la enorme habitación con detalle. Estaba amueblada con piezas chinas y otras de estilo clásico colonial. La mezcla de colores y formas convertía al lugar en un refugio de solaz, a gran altura sobre las calles llenas de tráfico y gente.

Apartando los ojos de un armario chino labrado, probablemente de gran valor, Siena se volvió hacia Nick. El corazón le dio un brinco al contemplarlo.

Alto, vestido de forma inmaculada con ropa informal, su sonrisa demostraba que él se sentía como en casa entre tan sofisticada belleza.

–No pensé que nada superaría al avión, pero esto... es impresionante –comentó ella, señalando a su alrededor–. Bello, sin ser ostentoso.

–De eso se trata –replicó él–. Y mira las vistas. Se ve casi todo Hong Kong.

Desde un amplio balcón, Siena admiró estupefacta el panorama... la bahía llena de barcos, los rascacielos de alrededor, verdes colinas al fondo...

–Muy impresionante –repitió ella–. ¡Y lleno de vida! ¡Siento un cosquilleo en la piel, como si hubiera recibido una inyección de adrenalina! –exclamó y, cuando se giró, se topó con Nick, que apenas estaba a unos centímetros de ella. De nuevo, su corazón se aceleró.

–¿Cómo estás? ¿Cansada? –quiso saber él.

–Estoy de maravilla. ¡Nada de cansada! Al menos, no como cuando viajé a Heathrow en clase turista hace unos días.

–Menos mal –replicó él, observándola–. El objetivo de los jets privados es que sus pasajeros lleguen a su destino en la mejor forma posible.

–Pues cumplen con su función.

–Tienes mejor aspecto –comentó él–. Pareces tan fresca como una rosa.

Siena estuvo a punto de contestarle que él también tenía muy buen aspecto, pero se contuvo, pues ya tenía bastante con el cosquilleo que su cercanía le estaba produciendo.

–Voy a deshacer la maleta –dijo ella.

–Deja que lo haga la camarera –indicó él y se miró el reloj–. He pedido la comida. Después, pasaré toda la tarde en una reunión. ¿Qué quieres hacer tú mientras?

–Dar una vuelta –repuso ella–. He visto un mercado de camino al hotel.

–Haré que alguien te lleve.

–No hace falta. Puedo ir andando –se negó ella.

Nick frunció el ceño.

–No conoces el lugar y te aseguro que será más divertido ir con alguien de aquí a la hora de regatear.

–Nick... –comenzó a protestar ella.

–Siena, dame ese gusto, por favor.

Ella respiró hondo, incómoda consigo misma por su deseo de darle gusto, pero de otra manera.

–Tengo entendido que esta es una ciudad segura.

–Hong Kong es bastante seguro, pero si vas con alguien que conozca el mercado, verás más cosas y te costará menos que si intentas comprar sola. A los neozelandeses se les suele dar bastante mal regatear.

–Pero a ti te costará dinero pagar a un guía...

–Tu padre nunca pensaba en lo que le iban a costar las cosas cuando me llevaba de paseo de niño. De hecho, es posible que tu hermana y tú os quedarais sin ciertos caprichos por mí... sé que la situación económica de tu familia no era muy buena durante vuestra infancia. Gracias a él, yo puedo permitirme hacer lo que me gusta y lo que quiero hacer ahora es asegurarme de que no corras peligro.

Con esas palabras, él la estaba poniendo en su lugar, pensó Siena, sintiéndose dolida. Nick la estaba cuidando solo porque se lo debía a su padre.

No debía de extrañarle, se dijo a sí misma. Nick siempre salía con mujeres impresionantes y ella no entraba dentro de esa categoría.

Sin embargo, a pesar de lo guapas que habían sido todas sus novias, Nick nunca se había casado.

Pero eso no era asunto suyo, se dijo Siena. Ella había cometido un error con Adrian y no tenía intención de tropezar dos veces con la misma piedra respecto a Nick, por muy excitante y atractivo que fuera.

–Siena –dijo él con impaciencia–. No puedo obligarte a que vayas acompañada, pero me quedaría mucho más tranquilo si aceptaras.

Levantando la barbilla, ella lo miró a los ojos y reconoció en ellos su gran sentido de la obligación. Y, aunque le irritaba rendirse, aceptó.

–De acuerdo. Tráeme a tu guía experto en regatear.

–¿Cuánto dinero tienes?

Siena miró al techo.

–Si las cosas son tan baratas como dices, tendré suficiente. Además, gracias a ti, me van a devolver lo que me costó el billete de avión.

–¿Y tienes moneda de Hong Kong?

–No –admitió ella con reticencia–. Podré cambiar en la recepción del hotel.

–¿Prefieres hacer eso antes que aceptar dinero mío? –preguntó él con una sonrisa retadora.

–Está bien –dijo ella, molesta–. Te lo devolveré.

Nick sacó su cartera, tomó un montón de billetes y se los tendió.

–Gracias, pero me gustaría que esto no fuera necesario.

Él se encogió de hombros, con gesto duro.

–Deja de pensar que eres una molestia. Y diviértete.

Capítulo 6

CUATRO horas después, cansada y acalorada, Siena esparció sobre el sofá de su dormitorio un montón de baratijas. La guía y ella habían elegido con esmero sus compras y la otra mujer le había ayudado a conseguirlo todo a un precio asombrosamente pequeño.

Alguien llamó a su puerta, haciéndole levantar la cabeza.

–Adelante –dijo Siena, intentando calmar su pulso acelerado.

Nick abrió la puerta, asomó la cabeza y posó los ojos en las baratijas y, luego, en ella.

–¿Lo has pasado bien?

–Tenías razón –reconoció Siena con una sonrisa–. Grace Lam ha sido de gran ayuda para regatear. Además, sin ella, me habría perdido.

–Muy noble por tu parte admitirlo –comentó él con una sonrisa.

–Pero habría encontrado el camino de vuelta de todos modos –añadió ella de inmediato.

Nick rio.

–Claro, antes o después. ¿Quieres enseñarme lo que has comprado?

–No –contestó ella y le explicó para quién había comprado cada cosa–. Y este perro ladra cuando le aprietas la barriga. Es para la niña que vive enfrente de mi casa –comentó, señalando el último regalo–. Grace, la guía, me ha dicho que le has pedido que me acompañe mañana también. Y me ha sugerido ir al Museo Heritage.

–Buena idea.

Siena asintió.

–Sí. O al parque Westlands. Me gustaría verlo, porque muchas aves migratorias que vienen de Nueva Zelanda paran allí cuando van de camino al Ártico. ¿Has estado en alguno de los dos sitios?

–En los dos. Si fuera tú, iría al museo. Es fascinante y muy típico de Hong Kong.

–De acuerdo.

Él hizo una mueca, abriendo la boca.

–¿Qué te sorprende?

Nick se encogió de hombros.

–Supongo que me llama la atención que aceptes algo sin discutir.

–¿Acaso me he estado comportando como una niña malcriada? –preguntó ella tras un momento, avergonzada.

–Más bien como una niña decidida a marcar su territorio.

–Me he portado como una adolescente rebelde –confesó ella, pensativa–. Lo siento... Te estoy muy agradecida...

–No quiero que me des las gracias –le interrumpió él.

–Entonces, nada más que hablar –replicó ella–. Pero seguiré tu consejo e iré al museo mañana.

–Yo ya he terminado por hoy. ¿Te apetece ir a cenar y subir al Pico? –invitó él y, ante su mirada confusa, explicó–: Todos los turistas suben al Pico Victoria... es de visita obligada, además las vistas son impresionantes desde allí.

–Me parece genial –afirmó ella. Hacer turismo parecía algo seguro que hacer con él. Habría un montón de gente a su alrededor y les tomaría el resto de la tarde y parte de la noche. Así, tendría algo con que entretenerse y calmar la excitación que sentía cada vez que estaba con Nick.

–¿Prefieres comer aquí o en un restaurante?

–Un restaurante –se apresuró a responder ella, pensando que, de esa manera, la cena sería menos íntima–. Aunque si estás cansado y quieres quedarte aquí...

Nick no parecía cansado, pero había estado trabajando todo el día, observó ella.

–Hablas como tu madre –replicó él con una sonrisa–. No estoy cansado. ¿Adónde quieres ir? Hay varios restaurantes excelentes en el hotel y miles en la ciudad. ¿Te apetece probar la comida de aquí?

–Sí, por favor –aseguró ella, dándole vueltas a lo que él acababa de decirle.

¿Hablaba como su madre? Por si necesitaba otra prueba de que Nick no estaba interesado en ella, ahí la tenía, se dijo.

–Déjame que yo invite –propuso ella con rigidez–. Si aceptan mi tarjeta de crédito, claro.

Nick la miró y sonrió, sorprendiéndola con su respuesta.

–Aceptan cualquier tarjeta. De acuerdo, gracias. Hay un sitio pequeño aquí al lado que está muy bien. ¿O prefieres...?

–Un sitio pequeño me parece buena idea –interrumpió ella, pensando en el único vestido para salir que tenía.

Mientras había estado de compras, alguien había deshecho su maleta y había colgado sus ropas en el armario. Su vestido azul parecía muy usado, pero se lo puso de todas maneras.

Más tarde, cuando entraron en el restaurante, Siena se dio cuenta de que, aunque se hubiera puesto vaqueros, nadie se habría dado cuenta. El sitio estaba lleno de gente del lugar, algunos con ropa de trabajo, otros con complicados atuendos de diseño. Los pocos turistas que había llevaban ropa informal.

–¿Cómo es que conocías este restaurante?

–Me lo recomendaron la primera vez que vine a Hong Kong –le explicó Nick mientras un camarero los guiaba a su mesa.

–¿Comes aquí a menudo?

–Siempre que vengo a la ciudad.

Entonces, Siena cayó en la cuenta de que lo único que ella sabía de su vida era lo que había leído en las revistas del corazón y en la prensa económica. Pero no tenía por qué saber más, se recordó a sí misma. Al fin y al cabo, ella no era parte de su mundo...

Nick pidió varios platos sabrosos y especiados, algunos fritos, otros al vapor, todos deliciosos.

Siena se concentró en la comida, para no quedarse absorta mirando a su acompañante. Aunque no era fácil. Cada vez que sus ojos se encontraban, una tentadora reacción se apoderaba del cuerpo de ella.

–¿Lo estás pasando bien? –preguntó él.

–Mucho –respondió ella–. Me encanta esta cena.

Cuando él le devolvió la sonrisa, con cierto tinte de picardía, a ella volvió a acelerársele el corazón.

–Hong Kong es famoso por su comida. Si has terminado, podemos ir al Pico. Para tu primera visita, lo más apropiado es ir en tranvía –propuso él.

Siena echó un vistazo a los raíles y se preparó para subir por la empinada colina, tratando de concentrarse en cualquier cosa menos en la irresistible cercanía de Nick...

Cuando se bajaron del tranvía, Siena miró a su alrededor. Estaban rodeados de turistas que habían decidido visitar el Pico y casi todas las mujeres tenían los ojos puestos en el imponente hombre que iba a su lado. Luego, la miraba a ella y esbozaban un ligero gesto de sorpresa. Ella se esforzó en ignorarlo.

Había ido a disfrutar de las vistas y punto, se recordó a sí misma.

Lo cierto era que el panorama merecía la pena. Una explosión de luces, rascacielos y barcos en la bahía, con todo el esplendor de la puesta de sol en las montañas que había al fondo.

–Oh, cielos –susurró ella–. Esto es increíble. ¿A qué altura estamos?

–A unos cuatrocientos metros –informó Nick.

Ella respiró hondo.

–¿Sabes? Mezclado con el aroma a hojas frescas de los arbustos, creo percibir el olor de millones de deliciosas comidas. ¿Cuánta gente vive aquí?

–Alrededor de ocho millones, el doble de la población de Nueva Zelanda, en solo mil kilómetros cuadrados –dijo él e hizo una pausa antes de añadir–: Y, a pesar de toda la gente que vive apiñada en un espacio tan pequeño, Hong Kong sigue conservando sus bosques.

Nick la miró. Estaba un poco sonrosada. Ella se colocó un rizo negro detrás de la oreja. Sin duda, después del frío invernal de Londres, estaba notando el cambio de temperatura. Incluso de noche, hacía calor en Hong Kong.

Siena tenía los ojos puestos en la imponente belleza del escenario. ¿Contemplaría con el mismo entusiasmo los paisajes rojizos del desierto de Petra o las ruinas de la sensual jungla de Angkor Wat?, se preguntó él.

–Pareces bien informado –comentó ella, volviéndose hacia él.

–Me gusta investigar.

Cuanto mejor conociera las cosas, menos sorpresas desagradables podía llevarse, se dijo Nick. Era algo que había aprendido a temprana edad.

–Claro. El conocimiento es poder, ¿no? –replicó ella con una sonrisa.

De repente, contemplándola, Nick sintió el vehemente aguijón del deseo.

–¿Nos vamos ya? –preguntó él de golpe.

–Sí. Pero algún día volveré –repuso ella con ojos emocionados por las vistas.

¿Con quién?, se preguntó él.

Perplejo por el rumbo de sus propios pensamientos, Nick siguió mirándola.

–Además, seguro que tienes mucho que hacer mañana –continuó ella.

Sin esperárselo, Nick se sintió conmovido por su comentario. No recordaba que ninguna de sus amantes hubiera mostrado nunca el menor interés por su bienestar.

Aunque tampoco ninguna de ella había tenido que preocuparse porque se quedara sin fuerzas, caviló con sarcasmo.

Entonces, al repasar sus recuerdos de su vida sexual, le parecieron borrosos y de mal gusto y tuvo la extraña sensación de haber estado siendo infiel a alguien... ¿A Siena? Imposible.

En el camino de vuelta al hotel, Nick se esforzó por mantener una conversación superficial. Al entrar en el vestíbulo, los envolvió la música procedente de la sala de baile. Siena giró la cabeza hacia allí.

–Algunas noches las dedican al vals y el foxtrot –señaló él–. ¿Te gustaría ir? –invitó él, sin pensarlo.

Siena lo miró sorprendida y titubeó un momento.

–No estamos vestidos de forma adecuada...

–No creo que a nadie le importe.

Ella le dedicó una de sus relucientes miradas.

–Supongo que quieres decir que eres tan rico que puedes ir donde quieras y que siempre serás bienvenido –comentó ella con ojos brillantes, meneando la cabeza.

Nick sonrió.

–¿Vamos a ver?

–¿Por qué no? Así podré decir que una vez estuve bailando en Hong Kong.

Cuando entraron, el portero saludó a Nick con deferencia.

–Es un placer verlo, señor Grenville.

–No me digas que saben el nombre de todos los huéspedes del hotel –comentó Siena cuando se hubieron sentado.

«Solo de los más ricos», pensó Nick. De alguna manera, ella le hacía sentirse hastiado de tanto lujo.

–No es la primera vez que vengo.

–¿Es que te subiste a bailar a los altavoces y por eso te recuerdan?

–Ese no es mi estilo.

–Oh, claro –repuso ella, riendo–. Siempre has sabido mantener la compostura.

Su suave risa le tocó a Nick en un punto sensible, haciéndole recordar el beso que habían compartido.

Sin embargo, pronto salió de sus ensoñaciones al

ver cómo los dos hombres de la mesa de al lado estaban mirando a Siena con apreciación.

–Cerré hice mi primer trato importante. Luego, pedí cerveza para celebrarlo. Desde entonces, siempre tomo cerveza cuando vengo –explicó él, tratando de centrarse en la conversación.

–¿Por razones sentimentales?

–Por razones sentimentales.

En ese momento, llegó el camarero con las bebidas que Nick le había pedido, champán para ella y cerveza para él.

–Por Hong Kong. Y por la vuelta a casa –brindó Nick.

Siena le dio un trago a su copa.

–Me alegro de que no vayamos a pasar mucho tiempo aquí juntos –comentó ella–. Podría acostumbrarme a esta vida.

Entonces, entró una pareja. La mujer iba vestida con un elegante traje de alta costura, llevaba un collar de perlas y un anillo con un enorme pedrusco en el dedo.

–Cielos –dijo Siena, perpleja–. Está demasiado arreglada, ¿no crees? ¿Eso que lleva es un diamante? Y esas perlas no serán de verdad, ¿o sí?

Antes de que Nick tuviera la oportunidad de responder, la pareja los vio y se encaminó a su mesa.

Nick se levantó y Siena se quedó en silencio, rezando porque los recién llegados no hubieran oído su comentario.

–Querido Nick –saludó la mujer al llegar a la mesa, sonriente, y recorrió el vestido de Siena con la mirada, esbozando un sutil gesto de desaprobación–. Me alegro mucho de verte.

–Nick, chico –saludó el hombre de mediana edad que la acompañaba y le tendió la mano a Nick.

Después de estrechársela, Nick presentó a Siena. Ambos la saludaron con amabilidad, pero siguieron hablando con Nick sin tenerla en cuenta y, tras un momento, fueron a reunirse con otra pareja que había en la otra punta de la pista de baile.

–Lo siento –dijo Nick cuando se hubieron quedado a solas.

–Este es tu mundo –observó ella, dándose cuenta de lo fuera de lugar que estaba en él–. Si hubiera sabido que los conocías, no habría sido tan indiscreta.

Nick sonrió con una mezcla de desprecio y crueldad.

–No te preocupes. Tengo amigos de todas clases, pero no considero al barón y a su esposa como tales. No me gustan los buitres.

–Ah –dijo ella, estupefacta.

–Él ha amasado su fortuna vendiendo armas. Cada vez que los veo, imagino todas las vidas que han sido segadas por su culpa.

Siena sintió un escalofrío.

–Olvidémoslos –propuso él, poniéndose en pie–. Vamos a bailar. ¿Qué tal se te da el vals?

–Bien –dijo ella con gesto desafiante–. Mamá nos enseñó a Gemma y a mí. Pero esto no es un vals.

–Solo preguntaba –repuso él, sonriendo, y la tomó entre sus brazos.

En ese instante, Siena se sintió transformada en una hoguera. Su cercanía la llenaba de vida, excitación y adrenalina. Nick la sujetaba por la espalda y por encima de los hombros. Cuando ella levantaba la mirada, se rozaba con su masculina mandíbula y esos labios tan sensuales y apetitosos.

Por eso, prefirió mantener los ojos fijos en el pecho de él.

Intentando ignorar el deseo que la atenazaba, Siena se concentró en los pasos de baile. Nick bailaba a la perfección y la llevaba con gran maestría. ¿Acaso había algo que él no supiera hacer?, se preguntó ella y no consiguió recordar una sola cosa.

–Siempre me olvido de lo pequeña que eres. Cuando hablas, das la impresión de ser muy fuerte.

–Tengo que hacerlo –afirmó ella– Si no, la gente me trataría como a una niña. Tengo ganas de que me salgan arrugas para que me den un aspecto más maduro.

–Creo que eres la única mujer del mundo que piensa eso –comentó él con ironía–. Dime algo, ¿por qué aceptaste el dinero de la indemnización en vez de denunciar a tu jefe por la vía legal?

–Tal vez, porque no quería que mis padres tuvieran que pasar por eso. Han ahorrado y trabajado toda su vida para poder hacer este crucero y siempre me han apoyado –señaló ella y lo miró a los ojos–. Es la razón por la que acepté venir contigo a Hong Kong.

–Lo sé.

–Y un policía que conozco me dijo que, sin pruebas, sería difícil que me dieran la razón en los tribunales.

–¿Entonces cómo conseguiste que diera la indemnización?

–Él temía que yo lo hiciera público. Está casado –contestó ella, haciendo una mueca–. Por eso, me ofreció el dinero. Yo pensé que me iba a dar un cheque, sin embargo, me lo dio en metálico. Me hizo sentir sucia. Al menos, lo doné para una causa justa.

–Así que, aparte de haber perdido algo de dinero, se ha salido con la suya –observó él–. ¿Cómo sabes que no intentará hacer lo mismo con la próxima empleada que contrate?

–Le dije que iba a advertírselo a todas las empleadas nuevas –repuso ella, tratando de convencerse a sí misma.

–Simple, pero eficaz –opinó él, riendo–. ¿Crees que habrá aprendido la lección?

–No lo sé. Eso espero.

–Siempre fuiste una apasionada de la justicia, pero en este caso creo que hiciste lo correcto. No puedes salvar el mundo y es una pérdida de energía intentarlo. Debes elegir tus causas con cuidado.

–¿Es eso lo que haces tú?

Sus ojos se encontraron y Siena se derritió. Una dulce sensación de deseo la atravesó, convirtiéndole el cerebro en una masa informe de confusión.

Al instante, los brazos de él se tensaron, apretándola contra su cuerpo, e inclinó la cabeza un momento, dejando al descubierto una mirada brillante y llena de pasión.

Debía romper contacto ocular cuanto antes, se dijo Siena, pero no pudo. Debía decir algo, al menos.

Cualquier cosa...

Ella abrió la boca para decir algo, pero tuvo que tragar saliva antes de poder hablar.

–Sí.

–¿Sí qué? Dime qué quieres –pidió Nick.

Siena deseó haber tenido otros amantes aparte de Adrian para ser más experimentada y manejar mejor la apabullante marea de emociones que la arrasaba. Le ardía el cuerpo y lo único que quería era perderse entre los brazos de él.

–Quiero esto –admitió ella, incapaz de seguir fingiendo.

–¿Qué es esto?

–Locura –repuso ella, tomando aliento–. Esto es la

clase de locura que quiero ahora mismo. Si tú lo quieres también.

Nick no dijo nada. No hacía falta. Siena sintió la respuesta de su cuerpo y su erección contra el vientre. Una oleada de gozo la envolvió.

–Sí lo quiero –afirmó él con suavidad.

Una deliciosa ansiedad se apoderó de Siena, junto con una excitación que no había sentido nunca antes.

–Salgamos de aquí –propuso él.

Siena lo siguió, esforzándose en contener sus sentimientos, y no se atrevió a decir nada en el camino a su habitación.

Tal vez por la misma razón, Nick tampoco habló.

Sin embargo, una vez dentro de la suite, Siena recobró un poco de su sentido común. ¿Qué diablos iba a hacer?

Volverse loca, se respondió a sí misma. Y no la importaba. Quizá, de esa manera, podría dejar atrás su enamoramiento de adolescencia y sumergirse en el más puro deseo, sin esperanzas ni expectativas, sin nada más que placer.

¿Y si no lo conseguía?

Se enfrentaría a ello, se dijo a sí misma.

–¿Estás cambiando de opinión? –quiso saber Nick.

¿Cómo podía ser tan... frío? No parecía enfurecerle, ni siquiera molestarle el que ella quisiera echarse atrás, caviló Siena.

Con indecisión, ella lo miró y, al contemplar su rostro y sus sensuales labios, supo lo que debía hacer.

Siena había creído amar a Adrian. Pero nunca había sentido con él nada parecido a lo que estaba experimentando en ese momento. Si no se equivocaba, aquella sensación aplastante de deseo no podía ser amor...

Y si se equivocaba...

No, no iba a pensar en eso. Amar a Nick estaba fuera de lugar por completo. Aunque su instinto le decía que, si no aprovechaba aquella oportunidad de tener sexo con él, se arrepentiría toda su vida.

Lo deseaba tanto que podía sentir cómo le ardían las venas y se le derretían los huesos ante tan dulce e irresistible tentación.

Capítulo 7

Y, SI NICK la abandonaba de nuevo, Siena lo superaría. Ya no era una niña inocente, aceptaría lo que él tuviera que ofrecerle y no se arrepentiría de nada después.

–No he cambiado de idea –aseguró ella–. ¿Y tú? –preguntó y, aunque creía que conocía la respuesta, contuvo el aliento mientras la esperaba.

–No –negó él y la recorrió el cuerpo con la mirada–. Y, esta vez, no te diré que lo siento y te dejaré. Me he estado arrepintiendo durante años de lo que hice.

–No digas más –propuso ella–. Los dos éramos demasiado jóvenes y cometimos errores.

–Yo fui muy inmaduro –admitió él, torciendo la boca.

Entonces, Nick le tendió la mano y, cuando ella le dio la suya, se la apretó con fuerza para atraerla a su lado. Y Siena se dejó llevar, rindiéndose a él y cerrando los ojos.

–Abre los ojos –pidió él, levantándole la barbilla con el dedo.

Siena entreabrió los párpados, lo suficiente para ver los labios de él.

–¿Por qué?

–Para que sepas a quién estás besando.

–Sé quién eres –le espetó ella, abriendo los ojos de

par en par, y se sumergió en la intensidad de su mirada–. Eres Nick y te deseo.

Siena le acarició la mandíbula y él sonrió.

–Y si me da la gana, cierro los ojos –se burló él, imitando su tono de voz.

Entonces, riendo, Nick inclinó la cabeza y la besó, arrancándole un suspiro de lo más hondo de su ser. Era un beso lleno de pasión y posesión, un beso que lo quería todo de ella, que demandaba una entrega total.

Siena estuvo a punto de entrar en pánico, pero el placer que la inundaba ganó la partida.

Cuando Nick apartó los labios, la tomó en sus brazos.

–Puedo andar –protestó ella.

–Déjame llevar a cabo mi fantasía –pidió él con una sonrisa y la besó para acallar cualquier protesta más.

Siena estaba tan perdida en el placer que no se dio cuenta de cómo él la llevaba hasta la cama, donde la tumbó. A continuación, él apagó todas las luces, menos una pequeña en la mesilla de noche.

Estaban en el cuarto de ella. Alguien había apartado la colcha y había preparado la cama para la noche. Siena sintió el suave lino sobre la piel al tumbarse. Se quitó los zapatos de una patada.

Nick se sentó a su lado y, despacio, le acarició el cuello.

–¿Cómo se quita este bonito vestido azul? –preguntó él con voz ronca.

–Por la cabeza –repuso ella en un susurro.

Nick le quitó la ropa con experimentados movimientos, mientras el frenesí de la anticipación poseía a Siena.

Aunque en la habitación no hacía frío ni calor, ella tembló cuando el pedazo de tela azul se deslizó por su cuerpo para aterrizar en la silla.

Él posó los ojos hambrientos en su sujetador y su tanga de encaje.

–¿Tienes frío?

–No seas tonto –negó ella, meneando la cabeza con decisión.

–¿Timidez? –preguntó él, sin intentar tocarla.

–Un poco –confesó ella, bajando la mirada.

–¿Por qué? Debes saber que tienes un cuerpo precioso.

–Gracias –repuso ella, sonrojándose–. Sé que es una tontería, pero ahora mismo me siento muy expuesta.

Él le colocó un rizo detrás de la oreja, acariciándole la mejilla. Siena se estremeció hasta el fondo de su ser.

–No es una tontería. A mí me resulta excitante –reconoció él, sonriendo, y se inclinó para besarla en el cuello.

A ella le dio un brinco el corazón.

–Puede que te dé menos vergüenza si estamos en igualdad de condiciones –sugirió él y se quitó la camisa.

Siena se quedó sin respiración. Era un hombre magnífico, con el pecho salpicado de vello negro, que se le difuminaba hacia la cintura de los pantalones.

Ella se quedó sin habla un largo instante, hasta que el silencio se hizo demasiado significativo.

–Eres... impresionante –balbuceó ella.

–No te haré daño –dijo él de forma abrupta.

–Lo sé –aseguró ella, sin pensar.

–¿De verdad? –preguntó él y su rostro se relajó un poco.

–De verdad.

Entonces, Nick se quitó los zapatos y los pantalones y se tumbó junto a ella. Bajo la luz dorada de la lámpara, su masculino rostro resultaba de lo más tentador.

Con un dedo tembloroso, Siena le acarició un hombro y bajó la mano hasta el pelo. La piel de él estaba tan caliente como la suya.

Presa de emociones contradictorias, una mezcla de timidez y de ansiedad, ella se esforzó en relajarse. El contacto del cuerpo de Nick incendiaba sus sentidos.

–Qué bien hueles –murmuró ella. A puro hombre, pensó.

–Iba a decirte lo mismo –repuso él, dándole un beso en el cuello–. ¿Llevas perfume o es tu aroma natural?

–Es perfume de fresia.

Fue lo único que consiguió articular Siena, mientras Nick la contemplaba con ojos ardientes, provocándola, convirtiéndole las venas en ríos de lava.

Los labios de él se movieron con sensualidad, hasta llegar a uno de sus pechos.

–Las fresias no huelen así... a pura Siena, cálida, deliciosa y sexy...

Siena estaba segura de que Nick podía escuchar los locos latidos de su corazón. Era un sonido ensordecedor y las palabras de él no hacían más que acelerarlo. Cuando él le deslizó un dedo bajo el sujetador, ella se quedó sin respiración y no pudo evitar rendirse al deseo que la consumía.

–Me gustaría quitártelo –susurró él.

Ella asintió y se dejó hacer.

Nick observó sus curvas con ojos brillantes.

–Eres exquisita.

Perdida en los brazos de la pasión, Siena se arqueó mientras él le besaba un pecho, rogándole en silencio que la poseyera. Nick la rodeó con sus brazos, apretándola contra sus caderas para que sintiera su potente erección.

Siena luchó por respirar y dejó escapar un profundo gemido. Él la besó en los labios, sumergiéndose en su boca con frenesí. Aquello, justo, era lo que ella ansiaba.

–¿Seguro que quieres hacerlo?

–Sí, quiero –afirmó ella, sin titubear.

Siena se estremeció de excitación cuando él le recorrió la piel con los labios, hasta capturar uno de sus pezones con la boca.

Nick le sujetó el otro pecho con la mano y, con la otra, bajó hasta su cintura. Su contacto era seguro y suave y Siena comenzó a relajarse, a dejarse disfrutar del sensual placer que le producía aquella lenta y experta exploración de su cuerpo.

Entonces, él le quitó el resto de la ropa con dedos experimentados.

Siena abrió los ojos y, sin pensar, posó las manos sobre el pecho de él y sus músculos de acero.

Con delicadeza, él buscó la parte más íntima de ella.

Su contacto fue como una explosión, un estallido de sensaciones, insoportablemente deliciosas...

–Nick...

Al decir su nombre, con voz suave, apenas inaudible, Siena supo que estaba dispuesta a dejar que él la llevara donde quisiera.

Con Nick se sentía segura.

¿Segura? Sin poder darle más vueltas a aquel pensamiento, Siena se arqueó cuando la primera oleada del orgasmo la recorrió. Le apretó los hombros y gritó de placer, hasta que los espasmos fueron cesando y se quedó laxa y relajada entre los brazos de él.

–No sabía que era así... –musitó ella, ajena a todo menos a su cercanía.

Nick lo miró a los ojos.

–¿Es tu primer orgasmo?

Siena escondió la cabeza en el pecho de él, reticente a responder.

Nick le hizo levantar la cabeza, sujetándole la barbilla.

–Dime, Siena –insistió él.

–Sí –admitió ella.

Durante unos segundos, Nick se quedó en silencio.

–¿Cómo te sientes ahora?

Armándose de valor, ella le miró a la cara. El rostro de él mostraba una expresión indescifrable.

–Bien. Genial –afirmó ella, nerviosa. Debía calmarse, se reprendió a sí misma–. ¿Por qué lo preguntas?

–Por si prefieres que lo dejemos aquí.

–¿Tú quieres? –preguntó ella y contuvo el aliento, esperando su respuesta.

–No.

–Oh, menos mal.

Nick rio de forma espontánea.

–Entonces, estamos los dos de acuerdo.

Él inclinó la cabeza y la besó de nuevo, sumergiéndose en su boca. Para su sorpresa, Sienta notó como sus entrañas se encendían de deseo otra vez.

En esa ocasión... todo era incluso más intenso, pensó Siena, mientras él la hacía gozar tocando puntos erógenos que ella no sabía que existían. Con experiencia y paciencia, la guió por un camino ascendente de placer, hasta que se colocó encima de ella y la penetró.

Abriendo muchos los ojos, Siena lo miró. Él parecía tenerlo todo tan bajo control, que la molestó.

–¿Estás bien? –quiso saber él.

–Sí –afirmó Siena. ¿Cómo podía Nick ser tan disciplinado en un momento así?, se preguntó. Ella se sentía en una montaña rusa donde todo escapaba a su control...

Nick comenzó a moverse, penetrándola en más y más profundidad, muy poco a poco. Cuando, al fin, la poseyó hasta el fondo, Siena tuvo ganas de gritar de erótica satisfacción.

Presa de un apetito salvaje, ella se dejó llevar, gimiendo y rogándole más. De pronto, cuando notó que él estaba a punto de retirarse, lo apretó de forma instintiva con los músculos de su vientre.

–No pasa nada –la tranquilizó él y se apoyó en los codos. La miró y sonrió–. Mira... ¿es esto lo que quieres?

Despacio, él comenzó a moverse de nuevo.

–Oh, sí, por favor...

Siena podía sentir el modo en que él se esforzaba en controlar su fuerza, como si estuviera todo el rato manejando las riendas de sí mismo. Se preguntó si tendría miedo de lastimarla.

Entonces, ella se arqueó contra su cuerpo, suplicándole más en silencio. En ese instante, Nick se rindió y se zambulló en ella como si quisiera poseerla por completo.

Con sensual desesperación, Siena dio la bienvenida a su pasión desbocada. Se entregó al placer hasta que entró en esa otra dimensión que era el éxtasis, el clímax que barría de su mente todo pensamiento.

De inmediato, Nick la siguió al mismo lugar y, con su orgasmo, reavivó el de ella, mientras cabalgaban juntos en los brazos del placer.

–¡No! –exclamó Siena cuando él se apartó para ponerse a su lado.

Él la tomó entre sus brazos y la llevó consigo, colocándola encima.

–¿Todo bien?

–Muy bien –dijo ella con voz roca y le mordió la piel del hombro, sintiendo su aroma masculino y salado–. La verdad es que creo que nunca he estado mejor.

Nada más pronunciar aquellas palabras, Siena se arrepintió. La primera vez que habían hecho el amor, había sido maravilloso, pero ella había sentido dolor y no había alcanzado el clímax como en ese momento.

De pronto, entonces, comprendió que nunca volvería a ser la misma.

Entre los brazos de Nick, se había dejado transportar a un mundo nuevo, donde lo único que importaba eran las sensaciones que embriagaban y llenaban su cuerpo.

Pero había sido una estúpida al reconocerlo delante de él. Aunque, con su experiencia, era probable que Nick lo hubiera adivinado por su comportamiento salvaje y entregado.

Tal vez, debía haber intentado fingir desapego, se dijo Siena. Sin duda, eso debía de ser lo que Nick esperaba de sus amantes. Pero no lo habría conseguido. Había estado tan entregada, tan perdida disfrutando del placer, que habría sido incapaz de fingir nada.

–Hace cinco años, no me había dado cuenta de que eras... –comenzó a decir él e hizo una pausa antes de continuar– virgen. Debí de parecerte un torpe la primera vez.

Su tono de voz no delataba sus sentimientos, observó Siena. Hacía cinco años, él le había dicho que se había arrepentido de haberlo hecho con ella. Tal vez, en ese momento, estaba pensando lo mismo.

O, peor aún, igual temía que ella se enamorara...

Humillada ante la posibilidad, Siena se esforzó en sonar lo más distante posible.

–No importa –aseguró ella, con todo el desapego de que fue capaz–. Y no, no fuiste torpe. Estuvo... genial. Fue mucho más de lo que yo había esperado. Aunque esta vez ha estado mejor.

–Me sentí fatal después de aquello –admitió él con gesto sombrío–. Estaba furioso conmigo mismo por no haberme dado cuenta de que eras virgen.

–No te preocupes. Según mis amigas y las revistas que he leído, es muy normal –afirmó ella y lo miró a los ojos, esbozando una sonrisa–. Debería estarte agradecido por haberme enseñado que en esto del sexo hay algo más que simple placer.

Nick se quedó rígido. Ella sintió una oleada de miedo, bajo la atenta mirada de él.

–Oh, no has aprendido nada todavía –comentó él al fin con una sonrisa–. Con un poco más de motivación, puedo hacerlo mucho mejor.

–Estás enfadado –adivinó ella, poniéndose tensa.

–Y tú eres muy perceptiva.

–No tanto –repuso ella–, pues no tengo ni idea de qué es lo que te ha enfadado.

Para alivio de Siena, él soltó una carcajada sincera. Luego, le agarró de la cara y la atrajo a su lado, hasta que sus bocas quedaron separadas solo por unos milímetros.

–Olvídalo. Ya sabes que tiendo un poco al mal humor –señaló él, rozándola con su aliento.

–No lo sabía...

Nick la interrumpió con un beso y ella suspiró, rindiéndose.

Mucho después, sola en la cama, Siena se removió en el colchón. Le dolían los músculos, poco acostumbrados a ese tipo de ejercicio. Molesta, recordó cómo él le había hecho el amor controlando sus movimientos todo el tiempo, como si fuera un virtuoso tocando un instrumento. En ningún momento, él se había dejado llevar, caviló.

¿Había querido probar algo? ¿A quién? ¿A ella? Era posible, se dijo, suspirando.

Aunque lo cierto era que Siena tenía la sensación de que Nick había querido probarse algo a sí mismo. Siempre había sido muy contenido, incluso cuando lo había conocido con doce años. Y ella sabía que aquella férrea disciplina y contención que aplicaba a todas sus relaciones no era más que una armadura.

¿Para protegerse de qué?

Siena lo ignoraba. Igual que desconocía lo que pasaba por la cabeza de Nick. Nunca había sido capaz de identificar los sentimientos que él se esforzaba tanto en ocultar.

Sin embargo, comprendía que lamentara lo que habían hecho.

Se habían convertido en amantes. O ni siquiera eso, admitió ella para sus adentros, dolida. Lo que había sucedido no podría catalogarse como más que una aventura de una noche.

Un día, podría estarle agradecida por haberle mostrado lo delicioso que podía ser el sexo, pensó.

Con lágrimas en los ojos, Siena se dio la vuelta y trató de pensar en otra cosa y, así, conciliar el sueño.

Nick se quedó mirando su reflejo en el espejo. Se maldijo en silencio. Tenía un largo día por delante y necesitaba concentrarse.

Por desgracia, tenía la mente ocupada con recuerdos de la voluptuosa noche anterior. Apenas había dormido y en todas partes se le aparecía la imagen de Siena retorciéndose de placer con su primer orgasmo.

Y no había sido el último, se dijo con satisfacción involuntaria y maldijo de nuevo. De ninguna manera podía tener una aventura con ella. Siena acababa de salir de una mala relación, al menos, en el plano sexual.

Y el hecho de que su prometido hubiera preferido a Gemma debía de haber sido un duro golpe para ella.

No debería haberle hecho el amor, se reprendió a sí mismo. Se había jurado a sí mismo no volver a tocarla, pero había sucumbido a la tentación en el momento en que le había pedido que bailara con él.

Haciendo una mueca, Nick se apartó del espejo. Sin querer, Siena ejercía un extraño poder sobre él. Y, en cualquier caso, a ella parecía no importarle demasiado.

Molesto, recordó cuando ella le había dejado claro que no le consideraba más que un medio para lograr un fin.

–Debería estarte agradecida por haberme enseñado que en esto del sexo hay algo más que simple placer –le había dicho ella.

Por su bien, era él quien debía dejar de hacerse vanas ilusiones, caviló Nick.

¿Habría estado ella realmente enamorada del idiota que la había dejado?, se preguntó.

¿Y qué haría cuando regresara a Auckland?

Si tuviera dos dedos de frente, la enviaría de vuelta a casa esa misma mañana en su jet privado, pensó Nick y maldijo una vez más. Sin embargo, mientras salía de la habitación para reunirse con Siena para desayunar, supo que no iba a hacer tal cosa. Iría a Nueva Zelanda con ella.

Por supuesto, Siena ya estaba levantada y preparada, fresca como una rosa. No mostraba ninguna señal que delatara la noche que habían pasado juntos, aunque su sonrisa y su saludo fueron un poco forzados.

En vez de sentirse aliviado, Nick experimentó una extraña irritación.

–Estoy deseando ir al museo –comentó ella con tono jovial–. ¿Tu reunión durará todo el día?

–No –negó él, encogiéndose de hombros–. Llevamos meses hablando y las negociaciones de ayer fueron muy bien. Todavía no firmaremos nada, pero ya se van a hacer declaraciones a la prensa y quedaremos para continuar negociando. En esta parte del mundo, todo necesita tiempo y es necesario establecer un fuerte vínculo de confianza primero.

Ella lo miró con gesto especulativo.

–¿Te sigue gustando lo que haces? Entiendo que, al principio, debió de ser muy excitante empezar y ver crecer tu negocio, pero... ¿y ahora? ¿Te sigue pareciendo emocionante?

Nunca nadie le había preguntado antes eso a Nick y respondió con franqueza.

–Más o menos. Además, la gente confía en mí y su salario depende de que yo haga mi trabajo.

–Supongo que es parecido a tener un niño –observó ella, pensativa–. Una vez que tomas la decisión de hacerlo, tienes que cuidarlo hasta que sea lo bastante mayor como para cuidarse solo. No puedes abandonarlo. Cualquiera que funde una empresa debe de sentirse de forma parecida.

–A algunos padres no les cuesta abandonar a sus hijos, tanto emocional como físicamente –apuntó él. Otros padres se veían forzados a hacerlo, pensó. De pronto, se le ocurrió algo–. ¿No estarás insinuando...?

–¡Claro que no! –negó ella, sonrojándose–. ¡No soy tan idiota, Nick! ¡De la misma manera, espero que tú no vayas a confiarme que tienes alguna terrible enfermedad de transmisión sexual!

–No, tranquila –repuso él, riendo.

–No estaba nerviosa, pues sabía muy bien que estabas sano... Quiero decir que no habríamos hecho el amor sin protección si tú... –balbuceó ella y se sonrojó todavía más.

–No deberías confiar en nadie para algo tan importante –señaló él con tono severo.

–Nick, te conozco. ¿O vas a decir que ninguna mujer debe confiar en un hombre?

–Tal vez –replicó él y se miró el reloj–. Tengo que irme. Que lo pases bien.

–Y tú.

Cuando se fue, Nick notó cómo Siena lo miraba por la espalda y se preguntó qué estaría ella pensando. Al momento, sin embargo, se obligó a sí mismo a centrarse en las negociaciones que tenía por delante.

Capítulo 8

CUANDO Siena oyó llegar a Nick, se puso tensa y se contuvo para no ir a saludarlo, temiendo que su cara delatara lo que sentía.

–¿Ya tienes hechas las maletas? –preguntó él con tono indiferente.

–Sí –afirmó ella. No había esperado que diera saltos de alegría por verla, no, pero aquella fría neutralidad era demasiado.

Nada había cambiado, caviló Siena. Nick seguía siendo un experto en controlar sus emociones. Eso era todo.

Sin embargo, mientras se preparaban para partir, ella no pudo evitar preguntarse qué estaría pasando por aquella arrogante y atractiva cabeza. ¿Qué estaría él sintiendo?

Lo más probable era que él se arrepintiera, pensó Siena. Incluso podía estar preguntándose cómo diablos había acabado metiéndose en esa situación...

No, Nick no era así. Él siempre sabía lo que estaba haciendo.

–¿Le has dicho a tu hermana que vas a volver antes de lo esperado? –inquirió él en el coche, de camino al aeropuerto.

–No –contestó ella. Avergonzada, se dio cuenta de que apenas había pensado en Gemma en los últimos días–. Debe de seguir en Australia. ¿Por qué lo preguntas? Tomaré un autobús desde el aeropuerto.

–No seas tonta. Yo te llevaré –afirmó él con tono firme–. ¿Dónde vives?

–Cuando dejé el trabajo, también dejé mi piso. Mientras mis padres están fuera, me quedaré en su casa. Si Gemma ha vuelto de Nueva Zelanda, también estará allí.

Él asintió.

–Entonces, no hay problema.

–Bueno... gracias –dijo ella tras un momento y volvió la cara hacia la ventanilla del coche.

Con el corazón contraído, Siena se dio cuenta de que Hong Kong siempre ocuparía un lugar especial en su corazón, porque allí había sido donde había descubierto el poder de su propia sexualidad.

Hong Kong también era el lugar donde, al fin, había aceptado sus verdaderos sentimientos por Nick. Sintiendo un nudo en la boca del estómago, se obligó a reconocerlo.

Lo amaba.

Amaba a Nicholas Grenville.

Siempre lo había amado... desde antes de que hubieran hecho el amor la primera vez.

Al admitirlo en silencio, se quedó sin respiración.

¿Cómo era posible amar a alguien sin saberlo?

En un mar de confusos pensamientos, Siena se dijo que siempre lo había sabido, pero se había negado a aceptarlo para protegerse.

La razón era que siempre había sabido que no podía ser correspondida. Nick nunca se permitiría amar a nadie.

Por eso, había optado por una relación más segura, con Adrian. Era lógico que su ruptura no le hubiera dolido tanto como había sido de esperar. Y lo más probable era que Adrian hubiera percibido su ambivalencia.

No era de extrañar que se hubiera enamorado de Gemma.

Con la mirada fija en la ventanilla, Siena trató de controlar el pánico que la invadió al preguntarse qué iba a hacer a continuación.

Primero, debía enfrentarse a la realidad. Aunque amaba a Nick, intuía que él no podía quererla.

Si él sugería que tuvieran una aventura, ¿qué podía hacer ella?

Levantando la barbilla, se esforzó en no sucumbir a la desesperación. Esperar más de él, no sería justo ni sensato, pues Nick nunca le había hecho promesas, ni le había pedido nada.

Por otra parte, una aventura solo serviría para reforzar su amor no correspondido. Por eso, aunque se le partía el corazón de pensarlo, sabía que la mejor manera de terminar con aquello era mantener las distancias.

Lo más posible era que Nick no quisiera nada más de ella.

Pero... ¿y si le proponía algo? ¿Tendría ella el valor de negarse?

¿O debería rendirse, aceptar lo que él quisiera ofrecerle y vivir el resto de su vida de los recuerdos?

–Tienes gesto de determinación –comentó él, observándola con interés–. ¿Estás planeando algo?

–Volver a la vida real –respondió ella y se encogió de hombros–. Debería trazarme una buena estrategia para conseguir trabajo.

–¿Y tienes alguna idea?

–Ahora mismo no –replicó ella–. Pero, en cuanto

llegue a casa, me concentraré en encontrar algo relacionado con la jardinería. Una de las razones por las que me gustaba trabajar en el vivero era porque ayudaba a pensar ideas para las personas que querían plantar un jardín.

–Estoy seguro de que conseguirás lo que te propongas. No recuerdo ni una sola ocasión en que no consiguieras el objetivo que te habías propuesto –señaló él.

–¿Y los diez centímetros de más que me propuse crecer cuando tenía quince años?

Nick sonrió.

–Estoy seguro que ya sabías que eso no iba a pasar. Además, me cuesta imaginarte siendo alta.

Siena no pudo evitar recordar cuando él la había llevado en brazos con toda facilidad a su dormitorio. Las mejillas se le sonrojaron al instante.

Nick la contempló achicando la mirada y, por un instante, ella se preguntó si él estaría recordando lo mismo. Por suerte, el coche llegó a su destino y se detuvo, sacándolos de aquel incómodo silencio.

–Ah. Ya hemos llegado –comentó ella.

Juntos, tomaron el vuelo. Y Siena se sintió como si hubiera perdido una oportunidad... como si algo precioso se le hubiera escapado para siempre.

Una sensación que no pudo quitarse de encima durante todo el vuelo.

Aterrizaron bajo una hermosa noche estrellada en Auckland. El tiempo era agradable y las luces doradas se reflejaban en la bahía, a juego con la decorada Sky Tower en el centro de la ciudad.

Después del ajetreo de la llegada, Siena se acomodó en el coche que había ido a recogerlos y cerró los ojos, demasiado consciente del hombre que estaba sentado a su lado.

A ella le pareció una eternidad el tiempo que tardaban en llegar a casa de sus padres.

Cuando el coche se detuvo, Siena abrió los ojos y miró por la ventanilla. A continuación, volvió la cabeza para mirar a Nick.

–Esto no es...

–Estamos en mi casa –explicó él con tono calmado.

Siena abrió la boca para preguntar, pero se calló para no ser indiscreta delante del chófer. Cuando el hombre salió para abrir la puerta de entrada, ella aprovechó.

–¿Qué se supone que es esto?

–Tranquila –dijo Nick.

Perpleja, Siena lo vio salir del coche y darle la vuelta para abrir la puerta. Ella no se movió, así que él le dio la mano y tiró con suavidad.

Siena se giró para tomar su bolso.

–Vamos –dijo él.

Tal vez porque estaba sufriendo los efectos del jet lag, Siena obedeció sin rechistar y lo siguió a la casa, apenas notando los suaves aromas de las flores del jardín y el murmullo de las olas en la playa.

Una vez dentro, Siena oyó cómo el coche se alejaba y respiró hondo. Perder los nervios no iba a servirle de nada.

–¿Por qué me has traído aquí? –preguntó ella, tratando de no sonar furiosa.

–Gemma ha vuelto ya –repuso él, cortante–. ¿De verdad quieres ir a casa de tus padres ahora?

–¿Cómo lo sabes?

–Llamé desde el aeropuerto.

Siena meneó al cabeza, intentando digerir la información.

–Era yo quien tenía que tomar la decisión, no tú.

–En otras palabras, te alegras de que yo decidiera –señaló él con tono irónico.

–¿Te ha dicho alguien alguna vez que eres un hombre dominante y autoritario y...? –le espetó ella, irritada porque él tenía razón.

–Cállate.

Atónita por su orden tan abrupta, Siena se quedó mirándolo.

Él esbozó una sonrisa burlona.

–Admito que soy dominante, pero no lo he sido contigo. Y tú lo sabes.

–No puedo quedarme contigo –dijo ella, con los nervios a flor de piel.

–¿Se te ocurre una idea mejor? –preguntó él con gesto serio–. Ahora mismo no creo que estés en buena forma para ver a tu hermana. Si os conozco a las dos, adivino que Gemma se pondría a lloriquear y te pasarías toda la noche tratando de consolarla. Deja de ser tan testaruda y date una noche de descanso antes de enfrentarte a ella.

Nick tenía razón. Siena se sentía exhausta, sin fuerzas, ni físicas ni mentales. Habían pasado demasiadas cosas en los últimos días y el cuerpo le pedía descansar, al menos, diez horas seguidas.

–No deberías haber tomado la decisión por mí –insistió ella con tozudez.

–De acuerdo, tienes razón –reconoció él con tono de impaciencia–. ¿Puedes dejar de protestar ya?

–Pero no te creas que vas a poder seguir dominándome –añadió ella.

Nick agarró la maleta de ella y le dedicó una fría sonrisa.

–Vamos, te preparé una cama. Tienes aspecto de estar derrotada y a mí también me va a venir bien dormir un poco.

Era una forma delicada de rechazarla, pero clara, pensó Siena, dolida. Aunque no debería dolerle, se dijo a sí misma con ánimo sombrío.

Cuanto antes saliera de allí, mucho mejor. Sin embargo, una pesada inercia la hizo callar. Al día siguiente, podría enfrentarse a todo mucho mejor. En ese momento, lo único que necesitaba era dormir.

Aunque Nick ya no pasaba mucho tiempo en Nueva Zelanda, su casa no tenía el aire de lugar deshabitado. Un suave olor a lavanda impregnaba el ambiente y en la mesa de la entrada había un gran jarrón con rosas y peonías.

Tratando de ordenar sus caóticos pensamientos, Siena levantó la vista y la apartó al instante, para no dejarse seducir por el atractivo rostro de Nick.

Con el pelo claro y los ojos azules, Adrian tenía una belleza convencional, pero el rostro fuerte de Nick y su carisma de poder lo hacían ser especial, distinto de los demás hombres que ella conocía.

A los diecinueve años, armado de valor, tenacidad y confianza, Nick había convertido una idea brillante en todo un éxito empresarial en Internet. Desde entonces, había ido de triunfo en triunfo, aunque su personalidad no había cambiado por conseguir tanta fama y fortuna.

–Puedes dormir aquí –ofreció él, abriendo una puerta–. Iré a por sábanas y una toalla.

Nick dejó la maleta en una silla y salió de la habitación. Siena se quedó mirando a su alrededor, esforzándose por controlar el embrollo de sus sentimientos.

Entonces, quitó la colcha de la cama.

«Debes mantener la compostura. Solo unos minutos más», se dijo a sí misma.

Nick regresó, pasados unos minutos, con la ropa de cama.

–Gracias, yo la haré.

–Te ayudo.

–Es mejor que no –repuso ella, nerviosa.

Él dejó caer las sábanas sobre la cama.

–Siena, mírame.

La última vez que él le había pedido eso... No, no iba a dejarse llevar por los recuerdos de cuando habían hecho el amor, se reprendió a sí misma. Estremeciéndose, lo miró a los ojos con gesto desafiante.

–De acuerdo –dijo él–. Nos vemos mañana. Que duermas bien.

Siena lo vio marchar y esperó a que cerrara la puerta antes de dar una vuelta por la habitación. Se detuvo delante del vestidor y miró su reflejo en el espejo.

¿Cómo era posible que, en solo unos pocos días, su vida hubiera cambiando tanto, convirtiéndose en un completo caos? En tan poco tiempo, se había visto obligada a replantearse todo lo que había conseguido en los últimos años.

No había amado a Adrian, reconoció para sus adentros, no como él se merecía. Y no como Gemma lo amaba...

Habían sido buenos amigos antes de salir juntos y Siena lo había apreciado por su honestidad y su fortaleza de carácter. Se había alegrado cuando él le había pedido que se casaran. Había sido consciente de que el suyo no había sido el típico amor de novela romántica, pero tampoco había sido eso lo que había estado buscando.

Sumergida en sus pensamientos, esbozó una pequeña y amarga sonrisa. Adrian había sido para ella un refugio, pues mucho antes de conocerlo le había entregado el corazón a Nick. Entonces, las cosas habían escapado a su control y le había entregado el corazón a un hombre que no lo había querido.

Para distraer sus pensamientos, Siena se volvió hacia la cama y comenzó a hacerla. Luego, llevó a cabo su rutina nocturna y se acostó. Sin embargo, el sueño que tanto ansiaba se negaba a envolverla. Tras escuchar las doce campanadas de medianoche en un reloj distante, se levantó y se puso una camiseta y unos vaqueros encima del pijama. Tenía que salir de aquella habitación, si no, acabaría volviéndose loca de tanto pensar.

Tenía que encontrar la manera de superar su amor no correspondido, se dijo, saliendo a la terraza.

Mientras, necesitaba un poco de aire fresco.

Ajustando la vista a la oscuridad, Siena contempló la ciudad que dormía en silencio.

Tomando aliento, inspiró el suave perfume que impregnaba el aire, de la madreselva que relucía bajo la luz de luna llena. La bahía se pintaba de plata y seda negra bajo los relucientes diamantes de la Vía Láctea. Al girar la cabeza, vio la Cruz del Sur que señalaba al sur.

Sin embargo, a pesar de la serenidad del entorno, Siena no conseguía pacificar sus pensamientos. Mirando hacia unas escaleras que conducían a una pequeña cala de arena blanca, soñó con huir, con correr hasta quedar exhausta. Tal vez, un paseo por la orilla le ayudaría a calmar el torbellino de su mente.

En lo alto de una pequeña elevación, había una cabaña solarium, junto a un gran árbol. Dejándose llevar, Siena subió las escaleras que conducían a ella, iluminadas por la luz de la luna. Una barandilla protegía la bajada a la cala del lado que daba al acantilado.

De pronto, alguien la agarró por la espalda por sorpresa y tiró de ella hacia atrás. Aterrorizada, ella abrió la boca para gritar, pero una mano se la tapó. Forcejeó con todas sus fuerzas para liberarse de aquel extraño que la sujetaba.

–Para, Siena –dijo Nick a sus espaldas.

Su terror, entonces, se transformó en una mezcla de alivio y furia.

–Suéltame –ordenó ella contra la palma de la mano de él, poniéndose rígida.

Nick la apartó del borde del acantilado. Pero no la soltó. Ella siguió forcejeando, hasta que le quitó la mano de la boca y la giró.

Siena cerró los ojos y se obligó a abrirlos de nuevo, incapaz de creer lo que había pasado.

–¿Qué diablos estás haciendo? –preguntó ella, mirándolo a los ojos.

Nick la agarró con más fuerza. Sin poder controlarlo, ella se estremeció, recorrida por una oleada de calor. Y tuvo que contenerse para no probar la miel de sus labios.

Con la cabeza dándole vueltas, Siena intentó dar un paso atrás. Tenía que echar mano de toda su fuerza de voluntad para controlar el sensual efecto que aquel hombre le producía.

Entonces, ella se dio cuenta de que había estado conteniendo la respiración y abrió la boca para tomar una bocanada de aire. Al instante, Nick le cubrió los labios con un beso, sumergiéndola en un mar de placer y anulando su mente consciente.

Cuando él apartó los labios, Siena se sintió vacía. Levantó hacia él los ojos, entreabriendo los párpados, y tardó un poco en poder ajustar la visión para percibir sus fuertes rasgos, sus sensuales labios, su masculina mandíbula.

Su cuerpo seguía en llamas por aquel beso. Ya no era la misma de siempre, sino una extraña poseída por el deseo.

–¿Qué diablos estabas haciendo? –inquirió Nick en voz baja.

Ella tomó aliento.

–Necesitaba aire fresco. Iba a bajar a la playa.

Nick pareció relajarse, aunque no dejó de mirarla a los ojos.

–Desde donde yo estaba, parecía que habías elegido la forma más rápida de salir de aquí –indicó él y, cuando ella lo miró perpleja, explicó–: Creí que ibas a saltar.

–¡No!

Siena tragó saliva y apartó la mirada. Él la sujetó con más fuerza, apretándola contra su cuerpo. El contacto reavivó las llamas que la consumían.

–Siento haberte dado ese susto, pero... por un momento pensé que habías decidido tomar el camino más fácil para librarte de tus problemas.

–Parece mentira que pensaras eso de mí –repuso ella con una inspiración temblorosa.

–Lo sé.

Siena abrió la boca para hablar, pero Nick la acalló con otro de sus besos. Estupefacta, ella trató de resistirse a las sensuales sensaciones que su contacto le provocaba.

Nicholas rompió el hechizo cuando levantó la cabeza.

–Vamos. Salgamos de aquí. Necesito tomar algo.

–Pero...

–¿Pero qué?

Siena levantó la barbilla. No pudo descifrar ningún sentimiento en el rostro indescifrable de él. En la penumbra, ambos intercambiaron miradas como dos espadachines decidiendo el momento perfecto para atacar.

–¿Qué diablos te ha hecho pensar que iba a suicidarme? –preguntó ella al fin.

Nick le soltó y, como no se lo esperaba, Siena se tambaleó un poco. Al instante, él la sostuvo.

–No lo pensaba... no lo pienso –le aclaró él–. Pero parecías... perdida. Como si la vida hubiera dejado de tener sentido para ti.

Esforzándose en recuperar la compostura, Siena tragó saliva antes de hablar.

–Incluso aunque así fuera, nunca pensaría en el suicidio.

–Ahora lo sé –reconoció él–. De hecho, siempre lo he sabido. Solo me dejé llevar por un acto reflejo. ¿Sigues queriendo dar un paseo?

–Me siento llena de adrenalina. ¿Se te ocurre...? –comenzó a decir ella y se interrumpió antes de preguntarle si se le ocurría una manera mejor de invertir sus hormonas.

Por desgracia, a Siena sí se le ocurría, pero Nick no parecía estar de humor para hacer el amor. Desde que se habían acostado juntos en Hong Kong, él no había hecho más que esquivarla. Su actitud no era tan brutal como la primera vez que la había abandonado hacía años, era cierto, pero ella seguía percibiendo el mismo rechazo.

¿Y qué pasaba con el beso que él le había dado hacía unos minutos? ¿Había sido motivado por el alivio? ¿O había sido solo una forma de castigarla?

En cuanto ella le había correspondido, él la había soltado.

–De acuerdo, bajemos –propuso él y se dirigió a las escaleras que bajaban a la playa por el acantilado.

Todavía perpleja, Siena lo siguió.

Caminaron unos minutos por la arena blanca de la pequeña cala, hasta que Nick rompió el silencio.

–¿Estabas enamorada de él?

A ella se le encogió el corazón ante la pregunta y dudó que nunca hubiera estado enamorada de Adrian de veras.

Sin embargo, al recordar cómo se había sentido entre los brazos de Nick, no pudo pensar en nada más. Se le quedó la boca seca.

En cierta forma, se sintió como si hubiera traicionado a Adrian.

–Eso creía –contestó ella en voz baja.

–Ya sé que suena a tópico, pero no es el fin del mundo.

Siena lo miró a los ojos. Era un hombre duro y dominante, inteligente y determinado, dueño de su vida.

Sin duda, él podía pasar de una relación a otra sin que se le hiciera pedazos el corazón.

–Lo sé –señaló ella, tratando de ocultar su desasosiego–. ¿Tú has estado alguna vez enamorado? –quiso saber, sorprendiéndose a sí misma por su osadía.

–Sí –admitió Nick tras unos segundos.

¿De quién?, se preguntó ella, poseída por unos celos incontrolables. ¿Cuál de todas las mujeres que había salido con él habría sido la afortunada?

Siena experimentó tanto dolor que se quedó sin habla. Le estaba bien empleado por ser tan curiosa.

–¿Cuáles son tus planes ahora?

Ella clavó la vista en la luna llena, momentáneamente velada por una nube.

–Tenías razón cuando me dijiste que necesitaba descansar –comentó ella, aunque en ese momento le parecía un imposible calmarse lo suficiente para dormir–. Mañana pensaré qué voy a hacer.

–¿Alguna idea?

–No lo sé todavía –contestó ella tras titubear un momento–. Pero no te atrevas a tenerme lástima. Ni pienses que voy a hacer nada estúpido. Me las arreglaré.

–Hablas como una superviviente –observó él con una vana sonrisa.

–Soy una superviviente –aseguró ella y, dejándolo ahí, apartó la mirada del intenso escrutinio de su acompañante.

Nick bajó la vista. ¿Acaso ella no había sospechado nada de su prometido?

No, reflexionó él. Sin duda, había confiado en aquel idiota por completo.

Recordando la sensación de tenerla entre sus brazos, Nick se estremeció. Reprimió la reacción espontánea de su cuerpo y se preguntó cómo se enfrentaría Siena a la situación.

No le cabía duda de que lo superaría. Era una mujer con fuerza y agallas... Sin embargo, al mirarla de reojo, comprobó que ella seguía teniendo los labios apretados y la cara tensa.

¿Qué diablos estaría pensando?, se preguntó Nick. ¿Qué pensaría de la noche que habían pasado juntos? A la mañana siguiente, se había comportado con indiferencia, como si no hubiera significado nada para ella. Tal vez, para ella solo había sido un encuentro placentero, sin más.

Con sorpresa, Nick admitió para sus adentros que, si se hubiera tratado de cualquier otra mujer, él se habría alegrado de su actitud de desapego.

Sin embargo y muy a su pesar, Siena despertaba su instinto de posesión.

–Siento haberte asustado –repitió él, al verla fruncir el ceño.

–Y yo siento haberte metido en medio de un drama familiar –replicó ella tras un minutos o dos–. La verdad es que me has asustado un poco, pero sé artes marciales y estoy segura de que podría haberte vencido.

–¿Cómo? –dijo él, arqueando las cejas.

–Te habría atacado a los ojos –explicó ella con tono bravucón–. Suelen ser el blanco menos protegido. Y, cuando eres tan bajita como yo, la gente espera que empieces a gritar y a retorcerte como una tonta en vez de pelear.

Nicholas la miró con incredulidad, pero se contuvo para no sonreír.

–Es bueno tener confianza en uno mismo, pero no demasiada.

Nick no podía evitar sentirse protector con ella. Parecía más joven de su edad y se preguntó cuánta gente más habría cometido el error de juzgarla solo por su altura.

Entonces, le asaltaron otras dudas. ¿Habría tenido Siena que utilizar alguna vez sus dotes de autodefensa? ¿Habría estudiado artes marciales después de haber sido atacada?

Tal vez, lo había hecho para defenderse de su anterior jefe, caviló, presa de la rabia.

En cualquier caso, era obvio que Siena sabía cuidar de sí misma.

Sin embargo, el saber artes marciales podía darle a una persona la falsa idea de que podía lidiar con cualquier atacante.

–No debes olvidar nunca que tu estatura es una desventaja –señaló él de forma abrupta.

–Lo sé. Mi primera táctica de ataque es mantenerme al margen de situaciones que no pueda manejar.

–¿Y la segunda?

–Gritar como una loca y correr –respondió ella con una sonrisa–. Por el momento, nunca he tenido que ponerla en práctica.

Nick la observó de nuevo, pero no consiguió descifrar qué estaba pasando por aquella cabecita coronada de rizos morenos.

De todos modos, Nick no iba a hacerse ilusiones respecto al motivo que la había impulsado a sus brazos. Sin duda, una mezcla de desesperación y el dolor del rechazo le habían hecho buscar refugio en él. Y el hecho de que hubiera podido hacerle llegar al orgasmo debía de haber sido un plus inesperado para ella, reflexionó.

También parecía claro que Siena no esperaba nada más de él.

Cuando a ella se le escapó un rizo travieso hacia la cara, él se resistió al impulso de apartárselo y acariciarle el rostro y el pulso que le latía a toda velocidad en el cuello.

Siena era, al mismo tiempo, distante y apasionada, pensó Nick. Y el ardor y la fuerza de su pasión despertaban en él el fuego del deseo sin tregua, cada vez que la miraba.

Siena se apartó el rizo, echando la cabeza hacia atrás, y clavó en él sus impresionantes ojos azules.

–Lo primero que tengo que hacer es encontrar un trabajo –dijo ella.

Pero, por el momento, se conformaría con caminar bajo la luz de la luna con él, acompañados por el murmullo de las olas, y guardaría cada sensación que tuviera en su compañía como un tesoro en su corazón.

Capítulo 9

A NICK le despertó de madrugada una llamada desde Nueva York. Se encargó del tema con eficacia y volvió a tumbarse sobre las almohadas, frunciendo el ceño.

Hacia cinco años, él se había jurado a sí mismo no volver a lastimar a ninguna otra mujer. Desde entonces, se había mantenido alejado de relaciones serias, saliendo solo con mujeres que conocieran las reglas y que comprendieran que lo que estaba dispuesto a ofrecer no incluía el compromiso. Eso le había dado la reputación de hombre frío, pero era mejor que la de rompecorazones.

Por otra parte, Siena ya no era una mujer sin experiencia. Había tenido, al menos, otro amante. Además, la conexión sexual que había entre ellos era muy poderosa, se dijo y se le puso el cuerpo tenso al recordar su reacción incandescente y cómo se había retorcido de placer al llegar al clímax con él.

Sin embargo, aunque Siena hubiera descubierto una nueva faceta del sexo entre sus brazos, lo que ella había buscado había sido seguridad y autoconfianza. Y él le había demostrado que era una mujer muy deseable, ayudándola a recuperar su autoestima.

¿Por qué diablos estaba allí solo en su cama, en vez de estar con ella?, se preguntó Nick.

Porque Siena no estaba enamorada de él. Seguía dolida por el rechazo de su exnovio. Y, por alguna razón, Nick quería más que ser el receptor de su despecho.

Maldiciendo en silencio, se giró en la cama y miró el despertador. Lo más probable era que ella siguiera dormida, pensó. La noche anterior, había estado exhausta. Y él sospechaba que su cansancio había tenido mucho que ver con la perspectiva de tener que lidiar con su ruptura sentimental.

Además, como Worth había elegido a Gemma, Siena no iba a poder eludir la situación.

Movido por el deseo de hacer algo, Nick se levantó, se dirigió a la ventana y abrió las cortinas. Miró al jardín que se extendía hasta el mar. Con todo lo que viajaba, hubiera sido más práctico tener su base de operaciones en un piso en Auckland, sin embargo, esa casa era su hogar... a pesar de que su madre hubiera muerto hacía unos años, demasiado joven...

Al menos, Nick había podido asegurarse de que pasara sus últimos días rodeada de confort. Ella se lo había merecido, después de lo que había pasado con su padre.

Pero ni siquiera aquellos amargos recuerdos eran capaces de borrar su ardiente deseo por Siena. Intentó echar mano de toda su lógica y analizar cuáles eran las cosas de ella que lo atraían.

Su inteligencia, para empezar. Además, siempre le sorprendía, pues no podía adivinar lo que ella iba a decir a continuación. O hacer.

Solo a Siena podía habérsele ocurrido donar el dinero que había conseguido de su exjefe a un refugio para víctimas del maltrato. Al pensarlo, Nick contuvo su rabia y sus deseos de castigar al hombre que había intentado abusar de ella. Pero había otras maneras más efectivas de hacerle pagar a un maltratador.

En segundo lugar, Nick no conocía a ninguna otra mujer que se hubiera gastado todos sus ahorros en volar a Londres para estar con sus padres en su aniversario.

Pequeña, vibrante, leal y cariñosa, era la clase de mujer que se entregaría en cuerpo y alma en cualquier relación. Esa era la razón por la que él la había dejado hacía cinco años. No había querido alimentar en ella falsas esperanzas, ni causarle más daño. Además, al hacer el amor con ella, había experimentado sentimientos con los que no había sabido qué hacer.

Sobre todo, había sentido miedo.

Muy a su pesar, esa era la palabra exacta. Miedo a tener que probarse a sí mismo.

Nick se había esforzado mucho para tener la independencia que poseía en el presente. ¿Pero había perdido algo más valioso aún al querer luchar contra el corrosivo legado de su padre?

En el pasado, había esperado que los sentimientos que Siena le había despertado hubieran sido temporales, algo pasajero que se acallaría después de dejarla. Sin embargo, un erótico apetito de volver a poseerla había anclado en su corazón. Y seguía allí.

Poco a poco, Nick enfocó la vista en el paisaje y en los rosales que se mecían con la brisa del mar. Su madre siempre había querido tener un jardín al estilo inglés.

El jardinero que él había contratado mantenía las rosas limpias y bien cuidadas, dándole al jardín un aspecto que no tenía nada que ver con el magnífico entorno marino que lo rodeaba.

En ese momento, dejándose llevar por su instinto, Nick salió de la habitación.

Nada más abrir la puerta del dormitorio, se encontró con Siena en el pasillo.

–Buenos días –saludó él, buscando en su rostro indicios de agotamiento o tensión–. ¿Has dormido bien?

Ella lo miró de arriba abajo y sonrió sin ganas. Estaba más pálida que nunca, pero no se quejó.

–Muy bien, gracias.

Nick posó los ojos en los vaqueros ajustados y en la camiseta azul que ella llevaba, a juego con sus ojos, marcándole las curvas que él recordaba tan bien.

–¿Esa ropa la has comprado en Hong Kong? –adivinó él.

–Grace me convenció para que me comprara esta camiseta después de entrar en el museo –repuso ella con una sonrisa.

–Te favorece.

–Grace tiene buen gusto, además de cualidades para el regateo –comentó ella y levantó la barbilla con un gesto un tanto desafiante–. Necesito café.

Siena había dormido bien, aunque se había despertado antes del amanecer. Cuando se había levantado, había descorrido las cortinas para disfrutar de las vistas del mar hasta la isla Rangitoto, el más reciente de los volcanes de Auckland. Aunque el sol todavía había estado oculto tras el horizonte, su luz había bañado la bahía con tal belleza que había hecho que se le escapara una lágrima.

–De nuevo en casa –había dicho Siena en voz baja, oyendo el murmullo de las gaviotas en el mar.

Sin embargo, una sensación de aprensión y excitación le encogió el estómago en ese momento, mientras Nick la contemplaba.

–¿Tan urgente es para ti tomar café? –replicó él y, sin dejar de mirarla, abrió la puerta que conducía a la cocina.

–A estas horas de la mañana, siempre necesito café.

Siena puso la cafetera en marcha, dejándose llevar por su instinto para encontrar lo que necesitaba.

–¿Qué vas a desayunar?

–Huevos con beicon. ¿Quieres tú también?

Siena negó con la cabeza. Solo de pensar en huevos se le revolvía el estómago.

–Me comeré solo una tostada, gracias. ¿Cómo es posible que tengas la cocina llena de comida cuando llevas meses fuera de Nueva Zelanda?

–Le mandé un correo electrónico a la agencia desde Hong Kong avisándoles de que venía.

–¿La agencia?

Nick sonrió.

–He contratado a una agencia para que se ocupe de la casa y de llenarme la despensa cuando voy a venir.

–Cielos –dijo ella, impresionada–. ¡Ojalá yo pudiera permitirme pagar a alguien para que se ocupara de ese tipo de cosas!

–A mí me viene muy bien –afirmó él, mirando a su alrededor–. ¿Por qué no vas poniendo la mesa en la terraza mientras yo preparo el desayuno? Ya ha salido el sol y se estará bien fuera.

Así era. De hecho, hacía un día maravilloso. Siena puso la mesa, tomó un ramo de margaritas de un gran macizo y las colocó en un jarrón. Luego, sacó su tostada a la terraza y se sentó con un suspiro.

–Es genial estar de vuelta en casa –le dijo a Nick cuando él salió.

–¿No te gusta viajar?

–Me gusta mucho. Pero siempre es un alivio volver. ¿Y a ti?

–Casi siempre viajo por trabajo, pero siempre intento ir a algún sitio donde no haya estado nunca en los lugares que visito.

–¿Como los turistas?

Él asintió.

–Yo prefiero llamarme viajero.

Siena cortó un tomate y colocó las rodajas sobre la tostada.

–Me encanta esto –comentó ella, pensativa, y le dio un mordisco a su pan–. Y me gustan los tomates de temporada. Adoro también los espárragos, no solo porque están deliciosos, sino porque solo salen una vez al año.

Qué tontería, se dijo Siena bajo la atenta mirada de Nick. Seguro que él podía hacer que le llevaran espárragos frescos en cualquier momento del año.

Sin embargo, él asintió y posó la atención en su plato de huevos con beicon y tomates asados.

–Estoy de acuerdo.

Siena se preguntó por qué le parecía más íntimo desayunar con él en su terraza que cuando habían compartido mesa en el hotel.

Mordisqueando su tostada, posó la vista en la lejanía.

–Gemma se puso en contacto conmigo anoche –señaló ella sin más preámbulos, tras darle un trago a su café.

Nick arqueó una ceja y esperó.

Ella titubeó antes de continuar.

–Me mandó un mensaje de texto.

–Sin duda, lloriqueando e implorando tu perdón, ¿no? –adivinó él.

–Sí –afirmó Siena tras una pausa.

–Y eso te hizo perder el sueño, a juzgar por las ojeras que tienes –comentó Nick con tono de indiferencia.

–Claro que no –negó ella, molesta.

Nick la observó con esa sonrisa suya llena de cinismo que tanto la irritaba.

–¿Quieres irte a casa?

Justo el tema que ella había querido evitar, pensó Siena.

–¿Por qué lo preguntas? –replicó ella, a la defensiva–. Tengo que irme.

–¿Y pasarte días consolando a Gemma y escuchándola suplicarte perdón? –advirtió él y, sin dejarla responder, añadió–: Necesitas un trabajo. Y yo puedo ofrecerte uno relacionado con las plantas que te ayudará a no pensar en la situación que te espera en casa.

Siena se quedó mirándolo.

–¿Un trabajo? –preguntó ella, titubeando–. ¿Qué?

–Dijiste que querías trabajar con las plantas. Mi jardín necesita una actualización. A mi madre le encantaban los jardines al estilo inglés, pero este no es lugar para esa clase de flores y las plantas que ella escogió no han prosperado mucho. Me gustaría algo distinto, algo que encajara en este lugar.

–No soy jardinera –le informó ella con cautela.

–No hablo de jardinería. Necesito a alguien que rediseñe el jardín por completo.

Nick la observó con mirada fría mientras ella digería su oferta.

Sonaba genial... le encantaría aceptar, pensó Siena. Pero, también, sería muy peligroso.

Antes de que pudiera perder la cabeza por completo, se obligó a sí misma a hablar.

–Nick, sería un trabajo de mucha envergadura, para el que no tengo experiencia ni formación. No sé si sería capaz.

–No te subestimes. Hiciste un trabajo excelente con el jardín de tus padres hace dos años –repuso él con tono calmado–. Tengo que irme de Nueva Zelanda dentro de un par de días, pero estaremos en contacto. Antes de que empieces, quiero que me presentes una propuesta escrita y después, por supuesto, quiero que me vayas poniendo al día de los progresos que haces, enviándome informes allá donde yo esté.

Sus palabras fueron para Siena como una puñalada. Sin duda, Nick quería dejarle claro que no pensaba quedarse mucho por allí. Aun así, ella debería rechazar su oferta y salir corriendo todo lo rápido que pudiera.

Un corte limpio sería menos doloroso a la larga, se recordó a sí misma.

¡Ay, pero cuánto deseaba aceptar! ¿Por qué diablos le había pedido algo así...?

Entonces, a Siena le asaltó un cruel pensamiento.

–¿Es tu manera de pagarme por el sexo que tuvimos? ¿Es tu forma de decirme que no debo esperar nada más?

Nick posó en ella su fría mirada, dejándola sin habla y haciéndola sonrojar.

–Tienes una idea muy extraña de cómo soy si crees que voy por ahí sobornando a mis examantes –señaló él con voz de hielo–. Además, en todo caso, para eso utilizaría joyas... algo vulgar y brillante y fácil de revender.

–Nick...

–Antes de que vuelvas a insultarme, quiero que sepas que no lo hago tampoco porque tu padre me ayudara cuando lo necesité.

Siena se mordió el labio.

–Lo siento –murmuró ella, rindiéndose a la tentación–. Suena genial y me gustaría probar. ¿Qué te parece si me pongo a trabajar en el diseño sobre el papel? Así, sabré si puedo hacerlo. Si no te gusta, te daré el nombre de varios paisajistas muy buenos que conozco.

–Trato hecho –dijo él y le tendió la mano.

Tras un instante, Siena se la estrechó. No había nada sensual en aquel apretón de manos, ni en el rostro serio de él, pero ella sintió su contacto de pies a cabeza.

–Y, para que ese par deje de acosarte con su angustia y sus remordimientos, sugiero que te quedes aquí –añadió él con una sonrisa saturnina–. Si lo que de veras quieres es que se queden tranquilos, diles que somos amantes. Imagino que se alegrarán y estarán deseando creerte. Así, al menos, Gemma tendrá la conciencia tranquila.

–Qué considerado por tu parte –contestó Siena, tragándose su orgullo y le dio un trago a su café para controlarse–. De hecho, es una excelente idea. ¿Es probable que me persigan los paparazzi o cualquier otra persona que crea tener derechos sobre ti?

Al principio, la expresión de Nick no se inmutó. Solo afiló un poco la mirada. Pero ella sintió un escalofrío.

–No. Y deja de intentar hacerme enfadar.

Siena fue incapaz de descifrar lo que estaba pasando por la cabeza de él. Su expresión seria la hizo estremecer.

–Es que me divierte –repuso ella, pero la fría mirada de Nick la hizo callar.

–Acábate la tostada.

Siena obedeció, mientras él le explicaba las ideas que tenía para el jardín.

Tras un par de minutos, ella se puso en pie.

–Tengo que tomar notas. Ahora vuelvo.

Cuando regresó con su cuaderno, Siena se dio cuenta de que él le había servido otra tostada recién hecha.

–Gracias –dijo ella, conmovida.

–Cómetela –ordenó él, negándose a seguir hablando hasta que ella se la terminara.

Sin poder quitarle los ojos de encima a Nick, cautivada por la forma en que los rayos de sol dibujaban atractivos ángulos en su rostro, ella mordisqueó el pedazo de pan.

Nick le resumió el tipo de jardín que quería.

–Y quiero que haya una valla, discreta a ser posible, bordeando el acantilado –dijo él al fin.

Siena se sonrojó al recordar la noche anterior y el corazón le dio un salto.

–Es buena idea –consiguió responder ella–. ¿Cuánto tiempo y dinero querías invertir? No será barato y ni rápido.

–Podemos hablar del precio después de que haya visto tus diseños –indicó él–. En cuanto al tiempo, supongo que te tomará varios meses.

–¿Por qué yo? –preguntó ella, de pronto–. Podrías contratar a alguien con reputación en la materia. Confía en mí, los paisajistas de toda la zona se pegarían por poder hacer tu jardín.

–No quiero a cualquier paisajista.

–Pero tú no sabes si yo puedo hacerlo –repuso ella con honestidad y se puso en pie de nuevo–. Mira, cuanto más hablamos de ellos, más me doy cuenta de mis limitaciones.

Nick la agarró de la muñeca para hacer que se sentara de nuevo, sin apretarla. Y ella se sintió recorrida por una oleada de calor.

–Siéntate.

Siena lo miró a los ojos. Incómoda, se sentó de nuevo.

–No tienes por qué acobardarte ahora –señaló él, soltándola.

–¿Acobardarme?

–Eso es. Estás sufriendo una crisis de confianza. Y, si te digo la verdad, eso no va contigo.

–Yo... Bueno, no quiero excederme a mis capacidades –dijo ella, titubeando, sabiendo que en el fondo se sentía acobardada.

Lo cierto era que a Siena le había encantado diseñar el jardín de sus padres y se enorgullecía de cómo lo había hecho. Hacía una semana, habría dado cualquier cosa por tener esa oportunidad, sin embargo, en ese momento, estaba justificando su reticencia por el miedo a sufrir.

¿Acaso enamorarse de Nick le había hecho perder su valor? De acuerdo, iba a estar en contacto con él, pero sería por correo electrónico... algo muy poco personal. Él no iba a Nueva Zelanda más que un par de veces al año, así que lo más probable era que no regresara hasta que el jardín estuviera terminado.

Y, para entonces, era posible que Siena hubiera conseguido deshacer el hechizo que la tenía presa.

–Estoy seguro de que lo vas a hacer bien –afirmó él–. Y, ya que tendrás que supervisar los avances, es mejor que vivas aquí mientras tanto.

–De acuerdo –repuso ella con una media sonrisa–. Nick, estás siendo muy amable. Gracias.

–No me des las gracias –negó él de forma abrupta–. Es un trato que me conviene. Dime, ¿qué piensas de que Gemma se case con Worth?

Siena parpadeó. Era extraño. Hacía unos días había creído amar a Adrian y, en ese momento, solo sentía un vago arrepentimiento cuando pensaba en él. Ella sabía por qué, aunque prefería no reconocerlo. Nick siempre había sido el dueño de su corazón.

–No lo sé –admitió ella–. Lo que no quiero es que Gemma se sienta culpable. Conociéndola, arrastraría la culpa toda la vida. Y es muy capaz de rechazar a Adrian para no hacerme daño. No dejaré que lo haga.

Nick se quedó pensativo un momento, mirándola.

–Tu lealtad es admirable –señaló él y sonrió un poco–. Aunque me resulta un poco irónica, dadas las circunstancias. ¿Qué pensarán tus padres de este repentino cambio de la situación?

–Lo aceptarán –afirmó ella, sonrojándose.

–¿Y cuando nosotros nos separemos?

Su escueta pregunta aplastó las frágiles esperanzas que Siena albergaba.

–Me aseguraré de que sepan que fue decisión de los dos, no solo tuya –indicó ella, tratando de sonreír.

Durante un segundo, Nick frunció el ceño.

–Con eso bastará –repuso él con tono satírico–. Te prepararé un contrato. Busca un abogado para que te ayude a revisarlo. Mientras, vayamos a casa de tus padres para recoger tu ropa.

Capítulo 10

TENGO que devolverle a Adrian su anillo –dijo Siena, mientras dejaba los platos sucios en el fregadero. Cuanto antes, mejor, pensó.

–Mándaselo por un mensajero.

–Sería más definitivo si se lo entregara en mano.

–¿Por qué?

–Supongo que quiero decirle algunas verdades –admitió ella.

–No merece la pena. Si esperas que él esté arrepentido, te vas a llevar una desilusión.

–¿Cómo lo sabes?

–Porque lo más probable es que ahora piense que ha encontrado el verdadero amor en Gemma. ¿Por qué va a sentirlo? Lo más lógico es que crea que haberte hecho daño a ti ha sido un mal menor.

Siena se encogió, pero tuvo que reconocer que Nick tenía razón.

–Solo porque anulara nuestro compromiso por correo electrónico no quiere decir que yo tenga que ser tan grosera como él. Voy a devolvérselo en persona.

Nick la observó con mirada escrutadora.

–Con eso, igual le haces pensar a tu hermana que sigues enamorada de él.

Siena se quedó mirándolo un momento.

–No creo, pero podría ser. Por eso, tengo que asegurarme de que se trague nuestra historia.

–Déjamelo a mí. Yo me encargaré.

–No, yo lo haré –negó ella. Era una tontería, pero no quería que Nick tuviera nada que ver con Adrian.

Al parecer, Nick lo aceptó, pues no dijo nada más durante un momento.

–Antes de que nos vayamos, es mejor que nos pongamos de acuerdo en los detalles de la historia que les vamos a contar –señaló él cuando Siena iba a salir de la cocina.

–Si alguien pregunta, les diré que nos encontramos en Londres y que nos enamoramos –replicó ella, sintiendo que le ardía la piel.

Nick esbozó una sonrisa burlona.

–¿Y que vamos a casarnos?

–¡No! –exclamó ella, sin pensárselo.

–Esa reacción no va a convencer a nadie de que estamos viviendo una apasionada aventura –comentó él con sarcasmo–. Tal vez, podrías sonrojarte un poco y decir que es demasiado temprano para hacer planes.

Siena parpadeó, sorprendida por su observación.

–No te preocupes por eso ahora, de todos modos. Estoy seguro de que podremos inventar algo lo bastante romántico para cuando lleguemos allí.

–¿Lleguemos? Nick, no hace falta que me lleves.

–Me va a necesitar, al menos, para reforzar el hecho de que estás locamente enamorada de mí –indicó con suavidad–. Y, como no tienes coche, tardarías toda la mañana en llegar en transporte público.

Por supuesto, Nick sabía que ella no quería gastar dinero en un taxi.

–Espero que no tengas pensado entrar en casa conmigo –señaló ella, sintiéndose acorralada.

–No, a menos que tú quieras –contestó él con tono de indiferencia.

Siena meneó la cabeza y se colocó los rizos detrás de las orejas antes de mirarlo a los ojos.

–Anoche, me parecía bastante fácil –admitió ella–. Iría a casa, calmaría a Gemma, le devolvería a Adrian el anillo, encontraría un trabajo y un sitio donde vivir. ¿Por qué ahora me parece todo mucho más complicado?

–Eso es lo que pasa cuando cuentas con los sentimientos de las otras personas, aparecen complicaciones.

Durante un instante, sus ojos se encontraron y a ella se le aceleró el pulso por cómo la miraba. Nick se acercó, inclinó la cabeza y la besó.

En ese momento, Siena se quedó en blanco, poseída por un deseo tan intenso que le temblaban las piernas.

Nick levantó la cabeza con los ojos llenos de deseo y sonrió. Tomándola en sus brazos, se dirigió hacia la puerta abierta del salón.

–Tengo la sensación de que eso de llevarme en brazos satisface tu lado de macho –susurró ella, mientras la llevaba al sofá.

–La verdad es que me gusta mucho –respondió él y se tumbó con ella.

Mientras le llenaba la cara de besos, Siena se dio cuenta de que Nick estaba tan excitado como ella.

Nick gimió y la agarró de las caderas, apretándola contra su cuerpo. Ella gimió, disfrutando de la forma perfecta en que ambos encajaban.

Hasta que recordó lo que tenía que hacer.

Pero lo dejaría para después, se dijo, cuando él empezó a besarla en el cuello, haciendo que pequeños escalofríos de placer la recorrieran.

Sin embargo, su mente se negaba a dejar de lado aquel molesto pensamiento. Levantó la cabeza.

–Gemma. Y Adrian... –dijo ella con voz angustiada.

Nick los mandó a ambos al diablo sin pensárselo dos veces.

–No –repuso ella, esforzándose en sonreír–. Esto no es buena idea. Necesito poder pensar... y no puedo hacerlo si dejo que la pasión me nuble la mente.

Y por su cuerpo, que no quería más que rendirse a la tentación, admitió Siena para sus adentros.

–¿La pasión te nubla la mente? –preguntó él, soltándola.

Roja como un tomate, Siena se apartó, tropezándose de tanta prisa que tenía por alejarse y no hacer nada estúpido, como volver a besarlo...

Para estar más a salvo, se fue al otro lado de la habitación y miró por la ventana. Había árboles mecidos por el viento y flores de colores, pero nada conseguía distraerla de la imagen de Nick tumbado en el sofá.

–La pasión te nubla la mente –repitió él con tono pensativo.

A Siena le ardía la piel. Pero era obvio que a él no le costaba nada acallar su deseo.

–Eso que has dicho me gusta. Y me gustaría más si no hubieras parado, pero tienes razón.

Siena apretó los labios, en el fondo deseando que él no le diera la razón, que siguiera besándola...

–Solo quiero hacer lo que tengo que hacer, liberarme de las cosas que pesan sobre mí.

–Lo entiendo.

Siena se volvió hacia él con el corazón acelerado y lo sorprendió abrochándose los botones de la camisa. Ella no recordaba habérsela desabotonado, pero sus dedos sí recordaban haberle acariciado la piel caliente y el delicioso vello del pecho. Tragó saliva.

–Un corte limpio es menos doloroso. Al menos, cura mejor –indicó él.

Con el estómago encogido, Siena se imaginó el momento en que él cortaría con ella, de forma limpia y fría.

–¿Has cambiado dc idea? –preguntó él con tono neutro.

Siena meneó la cabeza. Pasara lo que pasara con Nick, no había marcha atrás. Adrian ya no significaba nada para ella.

–Nada de eso –señaló ella–. Vamos.

Gemma estaba en casa. Las ventanas estaban abiertas.

Nick detuvo el coche delante de la casa, salió y le abrió la puerta a Siena. La miró con intensidad.

–¿Estás bien?

–Estoy bien –repuso ella, ignorando el nerviosismo que le atenazaba el estómago.

Él inclinó la cabeza y, sin darle tiempo a reaccionar, la besó de nuevo, dejándola anonadada.

–Por si alguien nos está viendo –explicó él con desapego cuando se apartó.

–Hay una cafetería a la vuelta –dijo ella, señalando al otro lado de la calle–. Quedamos allí, ¿te parece?

–Esperaré aquí –afirmó él y se apoyó en el coche con gesto de determinación.

–No es necesario –protestó ella, todavía descolocada por ese beso–. Puedes tomarte un café...

–Entra y haz lo que tengas que hacer –repuso él.

Enderezando los hombros, Siena atravesó el trecho que la separaba de la puerta y llamó al timbre, sintiéndose como si Nick la hubiera marcado con sus besos.

Gemma abrió la puerta y rompió a llorar.

–Oh, Gem, no –dijo Siena con voz angustiada y la abrazó.

Pero Gemma no podía parar. Siena tardó casi media hora en hacer que su hermana comprendiera que no estaba destrozada y que su corazón pertenecía a otro hombre.

Casi había terminado de hacer la maleta cuando Gemma dejó de llorar.

–¿Nick? ¿Nuestro Nick? –preguntó Gemma.

–¿Cómo es posible que te pases media hora llorando y sigas estando tan guapa? No es justo –señaló Siena con un suspiro.

Gemma ignoró su comentario.

–La ve...verdad... no me... sorprende. Siempre supe que él te gusta. ¿Cómo ha sido? ¿Cómo te lo encontraste?

–En un restaurante en Londres, acompañado por una rubia despampanante.

En ese momento, admitió Siena para sus adentros, la vida había dado un vuelco para ella. Al verlo entrar en el restaurante como si fuera el dueño del mundo, se había convertido en una mujer dispuesta a todo, desesperada, incluso aunque sabía que su relación no tendría ningún futuro.

–¿Estás segura? –preguntó Gemma con preocupación–. ¿Estás segura de que Nick es hombre para ti?

–Segura –afirmó Siena con convicción.

Gemma pareció aceptarlo, aunque seguía atónita, como si no pudiera creer que alguien como Nick pudiera amar a Siena.

–¿Dónde está ahora?

–En el coche, creo –repuso Siena y miró por la

ventana–. No, ahora mismo está dirigiéndose a la puerta –informó con ansiedad–. Con Adrian.

La escena que sucedió a continuación fue bastante surrealista. Los dos hombres no se estrecharon las manos y aunque Nick se portó con educación su actitud fue fría como el hielo. Adrian estaba como encogido, con expresión huraña.

Y a Gemma le bastó solo una palabra para romper a llorar de nuevo.

Por suerte, no duró mucho. Sin decir nada, Siena le tendió a Adrian el pequeño paquete que contenía su anillo de compromiso. Adrian lo miró como si le hubiera entregado una serpiente y Gemma sollozó, pero por suerte nadie dijo nada.

Minutos después, Nick salió con Siena de la casa. La llevó al coche, donde ella se sentó en silencio, poseída por un cúmulo de pensamientos inconexos.

–¿Qué te pasa ahora? –preguntó Nick tras unos minutos.

Siena intentó recuperar la compostura.

–¿Por qué sabes que me pasa algo?

–No solo las mujeres son capaces de leer el lenguaje corporal –indicó él con tono seco–. Y deja de evadir mis preguntas.

Ella se encogió de hombros.

–No es que me pase nada –contestó Siena–. Es que me parece que Gemma no está segura de lo que Adrian siente por ella.

Nick la miró con impaciencia.

–Es posible que no quiera decírtelo a ti. No te metas –le aconsejó él con pragmatismo–. Es una mujer adulta... te ha robado al hombre con el que ibas a casarte, así que tendrá que enfrentarse a las consecuencias. Cuando erais niñas, solías rescatarla siempre. Es hora de que aprenda a ocuparse de sus propios problemas.

Siena tenía que admitir que él tenía razón. Mirando por la ventana, se dio cuenta de que no se estaban dirigiendo a casa de él.

–¿Adónde vamos?

–Quiero ver cómo ha quedado mi yate. Acaban de remodelarlo.

–No sabía que tenías un yate –comentó ella, aliviada porque Nick no hubiera querido hablar de la escena final del anillo.

–No es de los que te gustan.

–¿Es un yate de motor? ¿Sin velas?

–Sin velas –afirmó él–. Mientras estabas hablando con Gemma, recibí una llamada de un amigo que está de vacaciones en Australia. Quiere visitar la Costa Norte y voy a prestarle el yate durante una semana. Pero quiero ver cómo ha quedado y hablar con el capitán antes de que salgan.

Siena lo miró con incredulidad.

–Y tu amigo acaba de llegar en su jet privado, ¿no?

–Sí. ¿Por qué? –repuso él con una sonrisa.

–Me siento como si me hubiera colado en un mundo paralelo, como Alicia en el País de las Maravillas –admitió ella–. ¿Cómo consigues acostumbrarte a todo esto... el yate, las casas, todo?

–El yate lo compré para mi madre –explicó él–. En cuanto a lo demás, bueno, te he dicho que uso el jet para llegar en buena forma cuando tengo que trabajar. En cuanto a las casas, no me gusta quedarme en un hotel. Sería un tonto si te dijera que no disfruto de las cosas que el dinero puede comprar, pero sé que lo verdaderamente importante son las personas.

Aunque Nick no había respondido a su pregunta

de forma directa, Siena pensó que había aprendido algo más sobre él. Era un hombre complejo y no dejaba ver mucho de su interior.

El yate de Nick estaba atracado en un gran embarcadero bajo el puente de la bahía.

Cuando salieron del coche y comenzaron a caminar por el muelle, Siena se esforzó en mirar hacia delante. Sin embargo, se le iban los ojos hacia él. Estaba impresionante con una camiseta y unos pantalones claros ajustados.

Nick la sorprendió observándolo. Tuvo que hacer un esfuerzo para ocultar el deseo que lo atenazaba cada vez que la miraba... o solo con pensar en ella.

Lo cierto era que él no tenía ni idea de lo que pasaba por la cabeza de Siena. Ni lo que sentía. Pero no importaba. La tenía donde quería tenerla.

El capitán se acercó para recibirlos. Nick se lo presentó a Siena y sintió una incómoda tensión cuando el otro hombre la contempló con gesto apreciativo.

–Phil, quería hablar contigo –indicó Nick y miró a Siena–. No tardaré mucho. Tómate algo aquí en cubierta y, cuando termine, te enseñaré el barco.

Cuando Nick regresó, ella estaba charlando con la camarera, con los rizos sueltos al viento.

Ambas levantaron la vista al oírlo llegar.

–Libby y yo hemos ido a la escuela juntas.

Siena observó cómo su antigua compañera de clase se sonrojaba cuando Nick la recorrió con la mirada. Ella no pudo evitar ponerse celosa y aquella sensación la sorprendió, pues no tenía derecho a sentirse posesiva con él.

–¿Has terminado tu bebida? –le preguntó Nick cuando Libby se hubo ido.

–Ni siquiera la he empezado –replicó ella, mirando su vaso.

–Siéntate y tómatela. No hay prisa.

La sonrisa que acompañó sus palabras era una obra de arte, pensó Siena, sumida en una sensual excitación de la cabeza a los pies.

Debía controlarse, se reprendió a sí misma, e intentó concentrarse en apurar su refresco.

Para poder sobrevivir a aquella farsa sin terminar hecha pedazos, tenía que mantener la cabeza fría, pensó. Suspirar por Nick como una adolescente no iba a ayudarla.

Por eso, Siena apretó los labios y dijo lo primero que se le ocurrió.

–Estoy impresionada.

–¿Y por qué tengo yo la sensación de que no es así?

–Vamos, ¿quién no iba a estar impresionado ante tanto glamour?

–No tienes por qué fingir... solías despreciar los yates de motor. Recuerdo que decías que navegar de verdad solo se puede hacer con velas.

Sorprendida y emocionada porque él lo recordara, Siena suspiró.

–Me gustaría que dejaras de echarme en cara mi fase de niña insolente y atrevida. Y estoy impresionada porque has elegido un yate a motor de aspecto sólido y seguro. Seguro que se comporta muy bien en el mar.

–Así es –afirmó él con una sonrisa–. Sé que los veleros son más sexys, pero mi madre necesitaba una embarcación cómoda, por eso elegí este.

–Y el yate lleva su nombre, ¿no? –señaló ella, pues al subir había leído las palabras *Laura Blaine* en la proa.

–Sí. Mi madre creció en un barco de mercancías que tenían mis abuelos. Le encantaba navegar a vela también, pero de mayor enfermó de artrosis reumática. Apenas pudo sujetar la botella de champán para bautizar el barco. De todas maneras, disfrutó mucho surcando el mar en él en sus últimos días.

Cuando Siena levantó la vista para mirarlo a los ojos, se le contrajo el estómago de placer. Lo deseaba tanto...

–Yo tenía madre –afirmó él con tono burlón–. De hecho, tú la conocías.

–Ya supongo que no saliste de un huevo –repuso ella–. Y claro que la recuerdo. Me caía muy bien. Y apuesto a que navegar con el *Laura Blaine* fue para ella maravilloso.

–¿Y?

–¿Y qué?

–¿Qué más estaba pasando por tu cabeza?

Siena se sonrojó, maldiciéndose a sí misma por ello.

–Nada importante. Solo que, aunque el *Laura Blaine* es precioso, sigo pensando que los veleros son inigualables.

–Mi madre hubiera estado de acuerdo contigo –admitió él–. Su padre poseyó uno de los últimos barcos veleros de mercancías de las islas y a ella le apasionaba esa vida.

–Debió de ser muy duro para ella dejar el mar y establecerse en tierra –comentó ella.

La mirada de Nick se oscureció, provocándole a Siena un escalofrío.

–Sí –se limitó a decir él.

Cuando sus ojos se encontraron, Siena recordó el sabor de su boca, el contacto de su piel y sus besos...

Un sensual estremecimiento la recorrió como si le hubieran acariciado con una pluma. Se giró para que él no pudiera verle la cara.

¿Qué esperaba él de ella? No la había tocado desde aquel posesivo beso delante de la casa de sus padres y Siena ansiaba que la abrazara. Hasta tal punto que le asustaba la intensidad de su deseo.

Sin embargo, Nick mantuvo las distancias mientras le enseñaba el barco. Como su casa de Londres, había sido decorada por un profesional, aunque delataba la personalidad de su propietario.

–Me gusta –dijo ella cuando le enseñó el camarote principal–. Parece muy cómodo y práctico... perfecto para un yate.

La habitación tenía una cama enorme, que Siena se esforzó por no mirar demasiado, concentrando la atención en las estanterías y el sofá. Una planta en una maceta le daba un toque de frescura al ambiente y un óleo mostraba un paisaje marino, el mar en calma bajo el cielo estrellado.

Nick señaló a una puerta.

–Igual quieres ver el baño –sugirió él–. Yo te esperaré en cubierta.

Dentro del baño, Siena se giró y arrugó al nariz al verse reflejada en las paredes de espejo.

Deseando tener el pelo más manejable, se lavó las manos y se colocó un rizo rebelde detrás de la oreja. Contemplándose, suspiró.

Bueno, hacía mucho que había aceptado que no sólo medía poco más de un metro cincuenta y cinco, sino que poseía pronunciadas caderas y pechos, a diferencia de su hermana y su madre. Uno de sus primeros novios le había dicho que parecía una Venus de la antigüedad, hasta que había posado los ojos en

Gemma y, de inmediato, se había quedado prendado de su hermana.

–Es increíble que no viva acomplejada –se dijo a sí misma ante el espejo.

Entonces, respiró hondo y levantó la barbilla.

Solo las locas hablaban solas, se reprendió a sí misma.

Sin embargo, sonrió con excitación al recordar que Nick había sugerido que fingieran ser amantes. Desde ese momento, se había sentido en una especie de nube.

Encima, el beso que él le había dado había tenido todos los requisitos para parecer real...

Pero la verdadera realidad no permitió que Siena siguiera soñando.

–Hora de irse –dijo Nick con tono frío en cuanto la vio subir a cubierta.

Volvieron a casa de él casi sin hablar.

–Tengo trabajo que hacer –indicó Nick cuando hubieron llegado–. Al menos, me llevará una hora. ¿Qué te gustaría hacer? ¿Nadar? –sugirió y señaló a la enorme piscina que parecía fundirse con el mar en el horizonte.

Unos cuantos largos en el agua fresca servirían para calmar el incontrolable deseo que la poseía, pensó Siena.

–Sí, me parece genial. Aunque...

–¿Qué?

–No tengo bañador –repuso ella con preocupación–. No se me ocurrió meter ninguno en la maleta.

–Nada como quieras –indicó él sin darle importancia–. La piscina no se ve desde las casas vecinas, así que no te preocupes por eso.

Molesta, Siena lo vio marchar con largas y firmes zancadas. Sin poder evitarlo, la asaltaron tórridos recuerdos de la noche que habían pasado juntos en Hong Kong. Tragó saliva y respiró hondo, posando los ojos en la piscina.

Necesitaba nadar cuando antes. Así, se le enfriarían los pensamientos... y otras partes del cuerpo que tenía demasiado calientes.

Además, el agua tenía un aspecto tentador, rodeada por exuberante vegetación tropical en flor. Había una parte al sol y una terraza a la sombra, amuebladas con cómodas hamacas, algunas de ellas lo bastante anchas para dos personas.

¿Habría hecho Nick el amor con alguien allí?, se preguntó, sin poder evitarlo.

No, no quería conocer la respuesta... a menos que fuera negativa. Incluso así, no era asunto suyo. Pero el aguijón de los celos había hecho mella en ella, muy a su pesar.

Por desgracia, ni el agua ni el ejercicio consiguieron enfriar sus sentimientos. Nadar con ropa interior no era muy cómodo, pero era mejor que tumbarse al sol para darle vueltas a todas las cosas que nunca le preguntaría a Nick. Mejor aún, era una manera de cansarse. Con suerte, el cansancio físico apagaría el aplastante deseo que la consumía.

Sin embargo, las preguntas seguían saltándole a la mente como avispas furiosas. ¿Qué pretendía Nick? Ella no lo sabía y él no le estaba poniendo fácil adivinarlo. ¿Lamentaba él la pasión que habían compartido y las largas horas que habían pasado haciendo el amor con frenesí?

Y había otra duda más a la que Siena se había negado a enfrentarse durante demasiado tiempo.

¿Por qué él le había hecho el amor con tanta ternura cuando había tenido diecinueve años y, luego, la había abandonado?

¿Se habría aburrido de ella? ¿Se habría hastiado de su inexperiencia?

¿Y por qué no se lo había preguntado cuando había vuelto a verlo? ¿Por vergüenza? ¿Por rabia? No, admitió Siena, nadando más despacio. Había sido por miedo.

Había temido preguntárselo porque la respuesta podía haberle causado demasiado daño.

En ese momento, deseó haberle preguntado a su padre más sobre la infancia de Nick. Pero frunció el ceño, pensando que, por supuesto, su padre no le habría contado nada.

Si alguien podía hablarle de su pasado, ese era Nick. ¿Y por qué iba a hacerlo? Era obvio que era un tema del que él no quería hablar.

Siena se reprendió a sí misma por ser tan obsesiva y echó mano de toda su fuerza de voluntad para concentrarse en respirar y en mantener a raya sus pensamientos con cada brazada.

Hasta que sacó la cabeza mojada del agua y vio a Nick. De pronto, la invadió una primitiva timidez y se sumergió en el agua.

Segundos después, una mano en el hombro le hizo abrir los ojos y sacar la cabeza a la superficie de nuevo.

–¿Qué diablos estás haciendo?

–Escondiéndome –reconoció ella, sonrojándose.

Él bajó la mirada y su expresión se relajó.

–¿Por qué?

–No esperaba verte aquí.

–Vivo aquí, ¿recuerdas? –repuso él, frunciendo el ceño–. Y no me digas que me tienes miedo, porque no te creo.

Por supuesto que Siena no le tenía miedo. Pero sí le asustaba lo que su pobre corazón podía obligarle a decir... a hacer...

–No puede haber pasado una hora desde que te fuiste –protestó ella, negándose a posar los ojos en el ancho pecho desnudo de él.

–He tardado un poco menos. También te dije que no te miraría, así que no es necesario que te sumerjas en el fondo de la piscina –comentó él e hizo una pausa para darle más énfasis a sus palabras–. Y para que lo sepas, hasta ahora, he sido un caballero y, aunque con dificultad, me he contenido de mirarte más abajo del cuello. Solo he tenido que acercarme para comprobar si seguías respirando.

Siena se sonrojó, pero Nick continuó sin darle la oportunidad de decir nada.

–¿Aunque qué te preocupa? Ya he visto cada centímetro de tu deseable cuerpo y te he besado casi toda la piel. Entonces, no parecía importarte que te viera desnuda.

Capítulo 11

SIENA abrió los ojos de par en par, sin poder evitar sonrojarse más aún, mientras buscaba algo ingenioso que responder. En vano.

Nick soltó una sonora carcajada.

–No sabía que podías sonrojarte por todo el cuerpo.

–¡Dijiste que no mirarías!

–Soy humano. Es como ver una rosa blanca volverse roja. ¿Te has puesto protección solar?

El abrupto cambio en la conversación y el que él se interesara por esos detalles le provocó a Siena un pequeño estremecimiento.

–Claro que sí.

–Pero no has llegado al centro de la espalda. Yo te lo pondré –indicó él, girándose.

Siena lo observó mientras nadaba al borde de la piscina y salía. Su bañador revelaba más de lo que ocultaba, mientras las gotas de agua corrían por aquel cuerpo musculoso, imponente y poderoso.

Una desagradable mezcla de excitación y aprensión hizo presa en Siena. Se sintió como si estuviera a punto de tomar la decisión más importante de su vida... un gran paso hacia un futuro desconocido, emocionante y eclipsado por la perspectiva de un dolor demoledor.

Sin embargo, no habría lugar a la desilusión. Nick

no le había prometido nada. Sería una relación honesta, al menos por parte de él.

Por su parte, Siena no se atrevía a decirle que lo amaba.

Nick se giró, sorprendiéndola mientras lo miraba.

–Qué ojos tan grandes tienes –susurró él.

–Ya conoces la respuesta a eso –replicó ella sin pensar. «Son para verte mejor...».

Nick apretó los labios un momento y, al instante, esbozó una sonrisa que le prometía todo lo que ella ansiaba, la satisfacción de todos sus deseos... menos el más importante.

El amor no tenía cabida entre ellos.

–Tienes que secarte la espalda para que te ponga la crema.

–Sí –repuso ella, apartando la mirada.

Nick se agachó y la ayudó a salir del agua, agarrándola de las manos. Ella se miró el sujetador y se sonrojó cuando se dio cuenta de que, al estar mojado, era transparente. Pero él la hizo volverse de espaldas sin esperar más.

Cuando Nick le posó las manos en los hombros, un delicioso escalofrío la recorrió.

–¿Tienes frío? –preguntó él con suavidad.

–No –negó ella y se humedeció los labios.

Nick deslizó un dedo debajo de los tirantes de su sujetador.

–Bien. Porque será mucho más fácil si te quitas esto.

Bajo el tono desenfadado de su voz, Siena percibió una nota de apasionado deseo.

Y, de pronto, le pareció que todo encajaba en su mundo. Se olvidó de sus escrúpulos, segura de que eso era lo que quería. Si dejaba que sus miedos y sus preocupaciones se interpusieran entre Nick y ella, siempre se arrepentiría.

Haría lo que le dictara en su corazón, se dijo Siena y giró la cabeza para mirarlo a los ojos.

Un delicioso estremecimiento le recorrió los huesos y tuvo que tragar saliva antes de hablar.

–De acuerdo. Quítamelo.

En un instante, sus pechos quedaron libres. Siena respiró hondo y el pulso se le aceleró cuando él le posó un dulce beso en el hombro. Solo duró un segundo y ella se retorció para protestar, pidiendo más. Entonces, él le mordió en el mismo sitio que había besado, haciéndola gritar.

–¿Siena?

–Sí –repuso ella y se volvió para mirarlo.

Con gesto controlado, Nick parecía estar esperando. Siena le puso la palma de la mano sobre el pecho, donde el corazón le latía a tanta velocidad como a ella.

–Eres maravilloso –susurró ella, casi sin aliento.

–Y tú –replicó él, bajando los ojos a sus pechos–. Exquisita en todos los sentidos.

Acariciada por su mirada, la piel de Siena se incendió y sus pequeños pezones se endurecieron.

–¿Estás segura, Siena?

–¿Es que no lo ves?

Los ojos de Nick relucieron con el brillo del deseo. Sin embargo, él no se movió.

–Llevo esperando este momento desde que estuvimos en Hong Kong –musitó él.

–Y yo.

–Hemos sido dos idiotas –reconoció él con una sonrisa–. Aunque la espera era necesaria.

Siena asintió, notando que la esperanza renacía en

su corazón. Nick había comprendido sus sentimientos y había adivinado que ella había necesitado ponerle punto y final a una relación antes de empezar otra.

–Y, si te llevo a esa hamaca, esa piel tuya tan blanca estará protegida del sol y la protección solar puede esperar... –propuso él, tomándola en sus brazos.

Las gotas de agua chorreaban por sus cuerpos, uniéndolos de alguna manera. Cuando él la depositó sobre la tumbona, Siena se sintió de algún modo abandonada, como si no pudiera estar ni un segundo apartada de él. Fue una sensación que duró solo un instante, hasta que Nick se tumbó a su lado, rodeándola con fuerza con sus brazos.

Inundada de felicidad, Siena fue consciente de algo. Allí era el único sitio donde quería estar: entre los brazos de Nick.

Durante largos segundos, se quedaron tumbados juntos, con sus corazones acelerados latiendo al unísono...

Cuando Nick ladeó la cabeza y la miró a los ojos, Siena se quedó sin respiración. El rostro de él era la viva imagen de la pasión, aunque la besó con suma suavidad, como si tuviera miedo de lastimarla.

Perdida en el deseo, Siena cerró los ojos y se rindió al deseo que la poseía con sus garras salvajes y ardientes.

Entonces Nick apartó la cabeza y ella sonrió, dejando escapar un largo suspiro. Bajó la mirada, temiendo que sus ojos delataran lo mucho que lo amaba.

–¿Siena?

¿Cómo era posible que fuera capaz de derretirla con el mero sonido de su voz?, se dijo Siena. Era una voz profunda, limpia y sensual...

–Siena, mírame.

Ella se resistió durante unos segundos. Entonces, respiró hondo y obedeció.

–Siempre me dices eso.

–Solo intento averiguar qué estas pensando –admitió él con mirada penetrante–. ¿Cómo te sentiste cuando viste a Adrian Worth esta mañana?

Un escalofrío recorrió a Siena. En el refugio de sus brazos, la pasión le ayudaba a olvidar el dolor seguro que la esperaba ante la perspectiva de un amor no correspondido.

Sin embargo, ella se dio cuenta de que Nick realmente quería una respuesta antes de continuar. Y comprendió que era importante decir lo que tenía que decir.

–Extraña –reconoció ella–. Fue como mirar fotos viejas del álbum de mis padres y darme cuenta de lo mucho que he cambiado. Todo ha cambiado.

Adrian pertenecía al pasado. Y Nick era el presente, pensó Siena.

Pero no se atrevió a decirlo en voz alta. Pronto, ella sería también una vieja fotografía en el álbum de Nick. Y, para ella, la vida dejaría de tener color y placer, caviló con el corazón encogido.

–¿Qué te pasa? –preguntó Nick con tono urgente, observándola con intensidad–. ¿Cuál es el problema?

–Nada –mintió ella. Pasara lo que pasara, sobreviviría, se dijo a sí misma.

Amar a Nick la había cambiado por completo. Se había convertido en una mujer diferente. Comparado con lo que sentía por Nick, su amor por Adrian había sido débil e ilusorio, una forma de huida nada más.

Siena levantó la vista hacia él.

–No pasa nada. Mi relación con él no era lo bastante fuerte como para superar ningún problema. No somos los mismos que éramos cuando nos prometimos y ya no lo amo. Se acabó.

–¿Y cómo te sientes respecto a eso? –insistió Nick.

–Un poco arrepentida pero, también, un poco tonta.

Fue todo lo que Siena se atrevió a decir. Cualquier palabra de más podría revelar la verdadera naturaleza de sus sentimientos. Y estaba segura de que Nick prefería no conocerla.

Se enfrentaría a ello después, se dijo Siena, cuando ya no estuviera con Nick. En ese momento, estaba entre sus brazos y lo único que quería era aprovechar el presente.

–Debes saber que te deseo –indicó ella–. Y no espero que me hagas promesas. Creo que ya no confío en ellas. Disfrutemos lo que tenemos sin más, ¿te parece bien?

Siena lo agarró del cuello y lo besó, marcándolo con su pasión, apretando el cuerpo contra él. Nick respondió sin titubear. Solo apartó la boca un momento.

–Nada de promesas –susurró él.

En esa ocasión, hicieron el amor de forma salvaje y Siena se sintió transportada más allá de lo que había conocido hasta entonces.

Mucho después, todavía entre los brazos de Nick, ella se preguntó cómo era posible soportar tanto gozo y no morirse de placer.

Además del placer, estaba el amor. Ella amaba a Nick con todo su corazón... y sentía que, sin él, la vida sería gris e insípida, una pérdida de tiempo.

¿Pero tenía alguna posibilidad de que Nick la amara también?

En cierta manera, él la quería, pensó Siena con el

corazón encogido. Aunque era la clase de amor que se tenía a una amiga, a una vecina... no lo que ella ansiaba de él. Había sido amable y atento. Y la deseaba, no había duda. Era un amante fabuloso.

Sin embargo, si ella no se hubiera encontrado en problemas en Londres, Nick se habría ido a Hong Kong sin ella. Se habrían dicho adiós, hubieran seguido cada uno su camino y ella lo habría visto poco después en una revista del corazón con su próxima conquista.

Lo que Siena quería de él era amor de verdad... sin límites, sin barreras. Un amor como el de sus padres, capaz de crecer y durar toda una vida.

Mecida por el latido de su corazón y envuelta por los efluvios del sexo que habían compartido, Siena sintió que su cuerpo se excitaba de nuevo. Respiró hondo para calmarse.

No tenía sentido albergar falsas esperanzas, se repitió a sí misma. Y Nick no tenía ninguna intención de compartir con ella nada más que sexo.

No podía seguir entregándose de esa manera, reflexionó Siena. Debía ser como él y protegerse... levantar sus barreras con toda la fuerza de que fuera capaz.

¿Pero cómo?

Algo dentro de ella le dijo que no había solución. Era demasiado tarde.

–¿Estás dormida?

–No.

Nick se apartó un poco para poder mirarla a la cara.

–¿Cuándo llegan tus padres?

Siena tuvo que pensar un momento antes de poder dar una respuesta coherente.

–Dentro de tres semanas –comentó él–. Para entonces, ya estaré de regreso, pero antes de que me vaya es mejor que traigamos aquí todas tus cosas.

–¿De regreso? –preguntó ella, sin poder creerlo–. Pensé que ibas a estar fuera...

Nick la miró con frialdad, sin un resquicio de la pasión que había llenado sus ojos hacía unos momentos.

–No voy quedarme para siempre fuera.

–Ah. Pensé que... bueno, no sueles pasar mucho tiempo en Nueva Zelanda.

Él frunció el ceño.

–Creí que se suponía que estábamos enamorados –replicó él con tono seco–. Esto significa que deberíamos vernos bastante. Como tú vas a estar ocupada con el jardín, he decidido que haré aquí mi base de operaciones.

A Siena le dio un brinco el corazón, pero se obligó a ser práctica.

–¿Es esto una invitación a compartir tu casa y tu cama por un tiempo?

–Para mí también es extraño –reconoció él con una sonrisa–. Es la primera vez que le pido a alguien que viva conmigo.

–¿La primera?

–Sí.

–No me ha parecido que estuvieras pidiéndome nada –comentó ella tras un momento–. Me ha dado la sensación de que era una orden.

Nick la observó con expresión indescifrable.

–Mi secretaria va a pensar que contigo estoy recibiendo mi merecido –señaló él y la rodeó con sus brazos.

Siena recordó vagamente quc él le había hablado

de su secretaria en Londres, una mujer casada y con hijos que le cuidaba la casa cuando él estaba fuera.

–Siena, no solo quiero que te quedes para hacer más creíble que estamos juntos y suavizar las cosas con tu familia. También me proporciona un gran placer tenerte cerca –afirmó él con voz profunda–. Y puedo asegurarte que tú también vas a disfrutar.

«Todo lo que pueda», pensó ella.

–Tal vez, deberíamos pensar... –comenzó a decir Siena, pero se interrumpió cuando él la besó.

Fue un beso dulce y tierno que anuló todo su sentido común.

–¿Qué has decidido? –preguntó él, cuando levantó la cabeza.

–Sí –susurró ella y se aclaró la garganta–. Me quedaré aquí.

Sin embargo, Nick no se conformó con eso.

–¿Tan difícil te ha resultado aceptar?

¿Difícil? Era más que eso, pensó Siena. La promesa de un breve paraíso, seguido de un largo infierno. ¿Pero qué podía ella decir?

–Como tú, nunca he vivido con nadie –repuso Siena, demasiado cobarde para confiarle lo que de veras sentía–. No sé cómo se hace.

Nick la miró con desconfianza, como si adivinara que había algo más que ella se callaba, pero lo dejó estar.

–Aprenderemos juntos –dijo él.

Juntos...

Una sola palabra era capaz de despertar de nuevo la esperanza de Siena. ¿Sería él capaz de sentir algo más que pasión por ella? Porque ella tenía claro que quería mucho más...

Tenía que ser fuerte, se dijo Siena, dudando que él

siquiera pudiera comprender sus sentimientos. Se estaba metiendo en una situación que, sin duda, le traería infinito dolor.

De hecho, estaba segura de que Nick cancelaría su trato si se enteraba de que ella lo amaba.

Durante un instante, Siena tuvo la tentación de decírselo, de renunciar al amor para protegerse del dolor que iría entrelazado con él.

Sin embargo, no fue capaz. Su corazón impaciente no podía dejar de esperar que, algún día, tal vez, él la miraría y se daría cuenta de que la amaba.

–Aprenderemos –repitió ella en voz baja.

–Lo malo es que tengo que irme pronto –indicó él, torciendo la boca–. Me acaba de mandar un mensaje mi secretaria, diciéndome que tengo que ir a una reunión a San Francisco. Volveré a finales de semana.

–De acuerdo –dijo ella, escondiendo su desasosiego con una falsa sonrisa–. ¿Cuándo te vas?

–Dentro de una hora.

–Entonces, es mejor que hagas las maletas –aconsejó ella, tratando de camuflar sus sentimientos.

Nick no quiso que lo acompañara al aeropuerto, así que se despidieron en la casa. Él la abrazó con fuerza.

–Empezaré a pensar en lo del jardín –prometió ella.

–Y piensa en mí también –pidió él, la soltó y se dio media vuelta para irse.

Por supuesto, Siena no dejó de pensar en él. Nick la llamaba todas las noches y, durante sus conversaciones, ella se sentía cada vez más enamorada. Él le hacía reír y la sorprendía contándole cosas de la gente con la que estaba tratando. Y ella le contaba el método que estaba utilizando para remodelar el jardín.

–Primero, tengo que darme muchos paseos y mirar bien las cosas –señaló ella–. E imaginarme cómo quedarían otras cosas en su lugar. Y tomar notas y hacer esquemas.

–¿Lo estás disfrutando?

–Mucho –afirmó ella. También lo estaba echando mucho de menos a él, pero eso no se lo dijo.

–Nos vemos pronto. No trabajes mucho –repuso él e hizo una pausa–. ¿Estás nadando?

–No –negó ella, aunque había tenido ganas de hacerlo, y se rio al recordar la razón–. Mi madre siempre decía que es mejor no nadar sola, que es muy peligroso. Supongo que le he tomado miedo por eso.

–Bueno, no hagas nada peligroso –dijo él, riendo.

Siena se despertó de golpe al escuchar su nombre. Se puso en pie de un salto, pensando que era Nick. Sin embargo, con las prisas, se cayó de bruces en el suelo.

–¡Siena! ¡Qué diablos...!

–Aquí estoy –murmuró ella e intentó desenredarse de la manta en la que se había envuelto para dormir en la casa de la piscina.

Nick estaba en la puerta, mirándola.

–¿Qué estás haciendo aquí? –preguntó él, se acercó y la levantó en sus brazos, abrazándola con fuerza–. ¿Estás bien?

–Estoy... bien –balbuceó ella.

–¿Por qué estás aquí?

–Hacía calor. Así que he venido a dormir aquí...

–Cielos, pensé... pensé... –comenzó a decir él y caminó hasta el sofá, para sentarse con ella, sujetándola como si fuera el más precioso tesoro–. Pensé que te habías ido.

–¿Que me había ido?

–Sí –admitió él en voz baja con el corazón acelerado–. Y entonces, me di cuenta de algo que llevo años queriendo negar.

Siena levantó la vista, incapaz de descifrar su expresión en la penumbra.

–Me di cuenta de que, por mucho que lo he intentara, si me dejaras, nunca te olvidaría, nunca dejaría de pensar en ti.

Incapaz de creer lo que oía, Siena parpadeó y meneó la cabeza.

Nick apretó los labios.

–¿No me crees? Pues tendré que convencerte –dijo él.

–Es que, por un momento, me ha parecido que estaba soñando. Yo... Nick, quiero creerte... no tienes idea de cuánto quiero creerte.

–Bueno, me alegro –repuso él tras un segundo de silencio.

Siena tomó aliento y se llenó de valor para hablar.

–Lo que pasa es que... me resulta... muy difícil. No me has mostrado... bueno, sé que me deseabas, pero eso no es... Tú estás hablando de amor.

Nick contuvo el aliento.

Saber lo que sentía por ella de verdad era mejor que seguir en la incertidumbre, se dijo Siena. Fuera lo que fuera.

Él se puso tenso y, durante unos segundos, el silencio se cernió sobre ellos.

–Sí. Debe de ser amor.

–Ya era hora –musitó ella con un suspiro–. Yo te amo desde hace años...

Nick se atragantó con una carcajada de satisfacción.

–¿Me amas? ¿Estás segura?

Siena no titubeó.

–Te he amado desde que tengo edad para saber lo que es el amor. Te amaba ya cuando hicimos el amor la primera vez...

–Fue tu primcra vez, ¿verdad?

–Sí.

–Me dejaste creer que tenías experiencia –le acusó él, meneando la cabeza.

–¿Te habrías acostado conmigo si no lo hubiera hecho?

–Es probable que no –reconoció él–. Aunque... me hubiera gustado saberlo.

–No creo que eso hubiera cambiado las cosas –afirmó ella en voz baja.

–Debí causarte mucho dolor cuando te dejé.

–Sí.

Nick la apretó con más fuerza. Sumergida en su abrazo, Siena supo que las ansias de su corazón habían encontrado respuesta. En los brazos de Nick, estaba en su hogar.

–Por eso, elegiste como prometido a alguien que te hiciera segura, alguien a quien no amabas y que no pudiera lastimarte, ¿no?

–Sí. Hasta que apareciste tú y me raptaste y me llevaste a Hong Kong. Y yo... –comenzó a decir ella y se corrigió–: No, *los dos* hicimos el amor.

–Y tú tuviste tu primer orgasmo.

–No fue solo eso –explicó ella–. Siempre te he amado. Solo he necesitado tiempo para reconocerlo.

–Mi dulce amor –dijo él, abrazándola.

Con incredulidad, Siena reconoció que su más querida esperanza había florecido para convertirse en una realidad.

Entonces, Nick la besó.

Más tarde, cuando entraron en casa, él descorchó una botella de champán.

–Por nosotros –brindó Nick, tendiéndole una copa–. Y por el futuro.

Siena rio.

–¿No deberíamos brindar por Gemma y Adrian? Si no hubiera sido por ellos, no habría ido a Hong Kong contigo y, tal vez, nunca habríamos reconocido que nos queremos.

Nick dio un respingo.

–Sí lo habríamos hecho. Puede que yo hubiera tardado un poco más, pero habría comprendido mis sentimientos por ti antes o después.

Ella sonrió, estremeciéndose. Antes de que pudiera hablar, Nick la interrumpió.

–Supe que tenía que hacer algo cuando vi ese maldito anillo en tu dedo.

Siena se quedó mirándole y adivinó que sus palabras eran sinceras.

–¿Hacer algo?

–Me sentí como si alguien me hubiera robado lo único que me importaba. Me pareció casi obsceno que llevaras el anillo de otro hombre. Solo de imaginarte haciendo el amor con otro me daban ganas de tirarme por la ventana –reconoció él y añadió–: También me daba miedo.

–¿Miedo? –preguntó ella, sin creerlo.

–En mi infancia, aprendí que era muy peligroso mostrar tus sentimientos –explicó él.

–¿Por tu padre? –preguntó ella con suavidad.

–Sí. Era un déspota.

Nick se apartó y caminó hasta la ventana, dándole la espalda. Nerviosa, ella esperó, dejándole tiempo.

Sabía que su relación con su padre lo había marcado y era la razón por la que él siempre mantenía sus emociones bajo llave.

–Mi padre no nos pegaba ni a mi madre ni a mí, pero usaba nuestros sentimientos para manipularnos. Yo era su arma contra ella, cuando estaba furioso con ella, me hacía daño a mí, para que ella tuviera mucho cuidado de no hacer nada que lo hiciera enojar. Por eso, yo aprendí a controlar cualquier expresión de mis sentimientos. Cuando mi madre lo dejó, ella estaba hecha un manojo de nervios. Por eso, le dieron la custodia a él. Cuando mi madre se recuperó, yo me fui a vivir con ella. Mi padre se suicidó y su muerte fue un alivio para nosotros.

–Lo entiendo –dijo Siena, horrorizada.

–Espero que no –repuso él con voz fría–. Yo le pregunté a mi madre en una ocasión por qué se había quedado tanto tiempo con él. Me dijo que lo amaba. Y me dijo que él también me había querido a mí. Fue entonces cuando decidí que el amor no merecía la pena –explicó–. Al ver a tu padre contigo y con tu hermana y con tu madre, comprendí que era mi padre quien se había equivocado, no mi madre, ni yo. Pero seguí sin comprender el amor. Sin embargo, cuando volví a verte hace cinco años, me resultaste demasiado tentadora y no pude resistirme a ti.

–Estabas resentido conmigo –musitó ella, atreviéndose a pronunciar aquellas palabras que sabía que necesitaba decir.

–Contigo, no –negó él, girándose hacia ella–. Estaba resentido conmigo mismo, por no poder controlar mis sentimientos hacia ti.

Siena se acercó y lo rodeó con sus brazos. Estaba rígido, como si aquella confesión le estuviera costando un mundo. Tras un momento, se relajó un poco y la miró.

–Tú eras valiente, independiente y divertida. Y yo te deseaba tanto que estaba muerto de miedo. Sabía que era mejor dejarte en paz. Pero no pude. Entonces, cuando hicimos el amor, sucedió algo que yo no había esperado. Me entregué a ti. Y quise tenerte siempre conmigo. Por eso, salí huyendo. No quería ser como mi padre –reconoció él.

–¡No te pareces en nada a tu padre! –exclamó ella–. Es un milagro que crecieras con la cabeza tan bien amueblada, teniendo en cuenta por lo que pasaste.

–Fue gracias a mi madre y tus padres... sobre todo, tu padre –indicó él–. Me enseñó que un hombre puede amar sin dominar. Puede que haya heredado algo de mi padre y tenga tendencia a querer que seas mía, pero puedo controlar mis impulsos y te amo –afirmó–. Es la primera vez que le digo esto a alguien.

–¿Por qué has tardado tanto? –preguntó ella con lágrimas en los ojos–. Debiste haber adivinado que yo te amaba hace cinco años.

–Merecía que me odiaras... Pero creo que siempre he tenido la esperanza de encontrar el amor. En Hong Kong, supe que, sin ti, la vida no tendría sentido.

–A partir de ahora, seremos tú y yo, Nick –dijo ella, tomando el rostro de él entre las manos mientras sus miradas se entrelazaban.

Se besaron y, con una fe sin barreras, Siena se rindió a él, segura de que podía confiarle su corazón.

–Siena, cariño, levanta.

Ella se despertó al escuchar la voz de su esposo y se llevó la mano al vientre.

–¿Mmm? –dijo ella y soltó un grito sofocado al notar una contracción.

–Creo que es la hora. Llevas más de media hora haciendo unos ruidos extraños –señaló Nick.

Entonces, sonó el teléfono y él respondió.

–Sí, ahora mismo voy a llevarla al hospital. De acuerdo –dijo al auricular y colgó–. Gemma te manda recuerdos. Y quiere que la avise en cuanto nazca el bebé.

Una hora y media después, Nick miró la carita del bebé que sostenía en brazos. Siena sonrió, cansada y feliz.

El bebé empezó a lloriquear.

–¿Crees que tiene miedo? –preguntó Nick, preocupado.

–Imposible. ¿Cómo va a tener miedo estando en brazos de su padre?

Nick se sentó junto a Siena, acariciando la cabecita de su bebé.

–Creo que quiere estar contigo –comentó él–. Un día, tenemos que llevarlo a Hong Kong, ¿de acuerdo? Siempre será un lugar especial para mí, porque allí fue donde descubrí que te amaba.

Ella sonrió con los ojos empañados por la emoción.

–Para mí también es especial.

Momentos después, la enfermera abrió la puerta y la cerró de nuevo, al instante. Ni Nick ni Siena se dieron cuenta. Estaban demasiado ocupados besándose, mientras sujetaban al bebé en su cálido abrazo.